P9-EEE-304

El libro
de los
Dragones

el libro de los Dragones

SELECCIÓN E
ILUSTRACIONES DE

MICHAEL HAGUE

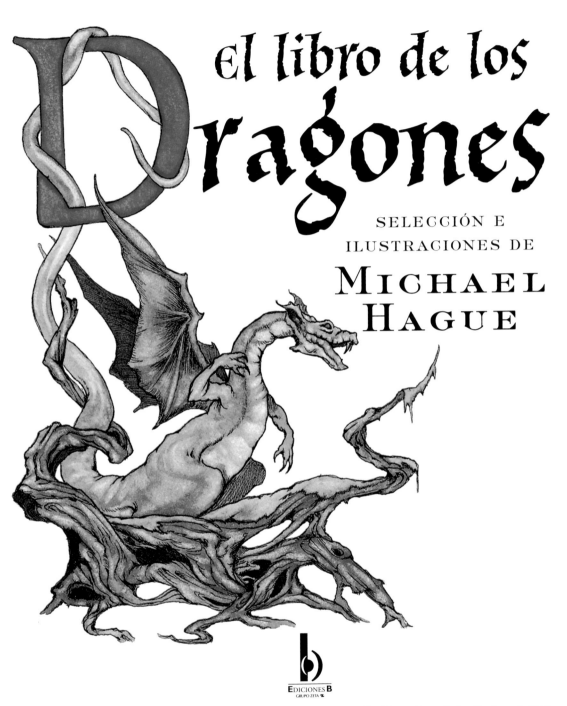

EDICIONES **B**
GRUPO ZETA

Barcelona • Bogotá • Buenos Aires • Caracas • Madrid • México D. F. • Montevideo • Quito • Santiago de Chile

MONTROSE REGIONAL LIBRARY
320 SO. 2ND ST.
MONTROSE, CO 81401

Para la familia Reuther:
David, Margie, Kate y Jacob

© 1956, Giulio Einaudi editore s.p.a., para «El dragón y la yegua mágica» en *Italian Folktales: Selected and retold by Italo Calvino*, reimpreso con permiso de Harcourt Brace & Company.
«Las aventuras de Eustaquio» en *Voyage of Dawn Trader*, de C. S. Lewis, reimpreso con permiso de HarperCollins Publishers, Limited

© 1921, Macmillan Publishing Company (*copyright* renovado por Padraic Colum en 1949), para «Perseo y Andrómeda» en *The Golden Fleece*, reimpreso con permiso de MacMillan Books for Young Readers

© 1979, Moss Roberts, para «Li Chi mata la serpiente», de Kan Pao, en *Chinese Fairy Tales and Fantasies*, de Moss Roberts, reimpreso con permiso de Pantheon Books, un sello de Random House Inc.

©1966, J. R. R. Tolkien, para «Bilbo Bolsón y Smaug», en *The Hobbit*, de J. J. R. Tolkien, reimpreso con permiso de HarperCollins Publishers, Limited, y Houghton Mifflin Co. Todos los derechos reservados.

©1944, Pantheon Books, Inc. (*copyright* renovado por Random House Inc. en 1972), para «El diablo y su abuela», en *The Complete Grimm's Fairy Tales*, de Jakob L. K. Grimm y Wilheim K. Grimm.

«La historia de Wang Li», de Elizabeth Coastworth, reimpreso con permiso de Kate Barnes y Margaret Beston.

©1949, The Limited Editions Club, para «San Jorge y el dragón», recontado por William H. G. Kingston, reimpreso con permiso de The Limited Editions Club.

Título original: *The Book of Dragons*

Traducción: Irene Saslavsky

1.ª edición: diciembre, 2006

Publicado por acuerdo con HarperCollins Children's Books, una división de HarperCollins Publishers.

© 1995, Michael Hague
© 2006, Ediciones B, S. A.,
en español para todo el mundo
Bailén, 84 - 08009 Barcelona (España)
www.edicionesb.com

Impreso en España - Printed in Spain
ISBN: 84-666-2716-2
ISBN-13: 978-84-666-2716-0
Depósito legal: B. 46.985-2006

Impreso por Egedsa. Sabadell (Barcelona)

Todos los derechos reservados. Bajo las sanciones establecidas en las leyes, queda rigurosamente prohibida, sin autorización escrita de los titulares del *copyright*, la reproducción total o parcial de esta obra por cualquier medio o procedimiento, comprendidos la reprografía y el tratamiento informático, así como la distribución de ejemplares mediante alquiler o préstamo públicos.

ÍNDICE

El dragón y la yegua mágica

versión de Italo Calvino

É RASE UNA VEZ un rey y una reina que no tenían hijos. Ambos rogaban a Dios que les diera uno y hacían mucha caridad. Por fin la reina se quedó encinta y el rey mandó llamar a los astrólogos para averiguar si sería niño o niña y cuál sería su estrella.

—Tendrás un hijo —le dijeron los astrólogos—, y en el minuto en que cumpla los veinte tomará una esposa, y en ese mismo instante la matará. De lo contrario se convertiría en un dragón.

Al rey y a la reina eso de tener un hijo que se casaría al cumplir los veinte les dio una gran alegría. Pero al oír el resto de la profecía de los astrólogos se echaron a llorar.

El hijo nació y se convirtió en un joven apuesto, lo que supuso un consuelo considerable para sus padres, pero aun así se estremecían al pensar en el terrible destino que le esperaba. Cuando se aproximó su vigésimo cumpleaños le buscaron una esposa y pidieron la mano de la reina de Inglaterra.

Pero resulta que la reina de Inglaterra tenía una yegua parlante que le contaba todo a su dueña y que sin duda alguna era su mejor amiga. En cuanto la reina se comprometió, se lo contó a la yegua.

—No tienes por qué alegrarte —le dijo la yegua, un animal mágico que lo sabía todo—. La verdad es que... —y le relató el extraño destino del príncipe.

La reina, horrorizada, le preguntó qué debía hacer.

—Escúchame con atención —dijo la yegua—. Dile al padre de tu novio que la reina de Inglaterra no acudirá a la boda en un carruaje, sino a caballo. Cuando llegue el día de la boda, me montarás y te dirigirás a la iglesia. En cuanto dé un golpe con la pata, agárrate fuerte a mi cuello y déjame hacer.

Durante el cortejo nupcial, la yegua, enjaezada de gala, cabalgaba junto al carruaje del novio, montada por la reina de Inglaterra vestida de novia. De vez en cuando la reina observaba al novio a través de la ventana del carruaje. Vio que el príncipe llevaba una espada en las rodillas y que los suegros miraban el reloj, esperando que llegara el minuto exacto en el que había nacido. De repente la yegua dio un golpe fuerte con una pata y después salió galopando como un rayo, con la novia aferrada a su cuello. Había sonado la hora fatídica, y los padres del novio dejaron caer sus relojes. Ante sus propios ojos, el hijo del rey se convirtió en un dragón y el rey, la reina y los cortesanos huyeron despavoridos del carruaje volcado.

La yegua se detuvo cuando llegaron a una casa de labranza.

—Desmonta —le dijo a la reina—, entra, y dile al granjero que te dé su ropa a cambio de la tuya.

El granjero se quedó atónito al ver que recibía un auténtico vestido de reina, que encima era un vestido de novia. A cambio, le entregó su tosca camisa y sus calzones. La reina salió de la casa vestida como un granjero, montó y siguió su camino.

Cuando llegaron al palacio de un segundo rey, la yegua dijo:

—Ve a la caballeriza e intenta que te contraten como mozo de cuadra.

Así lo hizo, y todos consideraron que parecía un muchacho inteligente que además poseía una estupenda yegua.

—Te contratamos junto con tu yegua para que trabajéis aquí con nosotros —le dijeron.

El rey tenía un hijo de la misma edad que la joven. En cuanto vio al nuevo mozo de cuadra, cierta idea le vino a la mente y fue a confiársela a su madre.

—Mamá, quizá me equivoque, pero me parece que ese nuevo mozo de cuadra es una chica, y que además me gusta.

—No, no —respondió su madre—. Te equivocas. Si quieres comprobarlo, llévalo al jardín y muéstrale las flores. Si hace un ramo, entonces sabrás que tu mozo de cuadra en realidad es una chica. Si arranca una flor y se la pone en la boca, entonces es un hombre.

El príncipe llamó al mozo de cuadra y lo llevó al jardín.

—¿Te gustaría hacer un ramo de flores? —preguntó.

Pero la yegua, que lo sabía todo, ya había advertido al falso mozo de cuadra.

—No, gracias, las flores no me entusiasman —contestó, arrancando una flor y poniéndosela en la boca.

—¿Qué te dije? Es un hombre, con toda seguridad —dijo la reina cuando el príncipe le contó lo ocurrido.

—Me da igual lo que digas, mamá. Estoy más convencido que nunca de que ese mozo de cuadra en realidad es una chica.

—Entonces intenta lo siguiente: invítalo a la mesa y dile que corte el pan. Si lo apoya contra el pecho, tu mozo de cuadra es una chica. Si lo corta sin apoyarlo, entonces es un hombre.

Y también esta vez la yegua advirtió a su ama, que no apoyó el pan para cortarlo, como si fuera un hombre. Pero el príncipe seguía sin estar convencido.

—Sólo hay una cosa más que puedes hacer —dijo su madre—, y es verlo manejar las armas. Rétalo.

La yegua le enseñó todas las sutilezas del manejo de las armas, pero también le dijo lo siguiente:

—Esta vez, querida mía, te descubrirán.

La reina se batió bien, pero al final se desmayó, exhausta. Y así descubrieron por fin que era una chica. A estas alturas, el príncipe ya estaba tan enamorado que había decidido casarse con ella, costara lo que costase.

—¿Te casarás con ella sin saber quién es? —dijo su madre.

Entonces le rogaron que les contara su historia y, al descubrir que era la reina de Inglaterra, la madre del príncipe no puso ninguna objeción a la boda, que se celebró con gran pompa.

Poco tiempo después, cuando el rey tuvo que ir a la guerra, la nueva esposa descubrió que estaba encinta. Pero como el rey era anciano, envió a su hijo en su lugar. El príncipe instó a sus padres a que le escribieran en cuanto naciera el bebé, montó en la yegua de su esposa y se alejó al galope. Pero antes de partir, la yegua se arrancó tres crines, se las dio a su ama y le dijo:

—Guárdalas en el pecho. Rómpelas si surgiera una emergencia y acudiré en tu ayuda.

A su debido tiempo, la princesa dio a luz a mellizos, un niño y una niña, y nunca hubo niños tan preciosos. Inmediatamente, el rey y la reina le escribieron a su hijo, informándolo de la buena nueva. Pero al cabalgar hacia el campo de batalla con la carta para el príncipe, a mitad de camino el mensajero se encontró con un dragón. Era nada menos que el hijo del otro rey, aquel que se había convertido en monstruo el día de su boda. Cuando vio aproximarse al mensajero, le lanzó su aliento ponzoñoso y el hombre cayó del caballo, sumido en un profundo sueño. El dragón sacó la carta del bolsillo del mensajero, la leyó, y falsificó una nueva carta en la que decía que la princesa había dado a luz a dos perros, una hembra y un macho, y que todo el pueblo se había vuelto en su contra. Puso la carta falsa en el bolsillo del mensajero quien, al despertar y comprobar que no faltaba nada, volvió a montar en su caballo y cabalgó hasta donde se encontraba el príncipe.

Cuando el príncipe leyó la carta se puso blanco como el papel, pero no dijo nada. Inmediatamente redactó una respuesta:

«Da igual que sean perros o perras, guardadlos para mí y cuidad de mi esposa.»

En el camino de regreso, el dragón volvió a descubrir al mensajero y lo durmió con su aliento. El dragón reemplazó la carta original por otra, donde ponía: «Quemad a mi esposa e hijos en la hoguera en la plaza del pueblo. Si el rey y la reina se opusieran, quemadlos a ellos también.»

Dicha respuesta provocó la alarma entre los habitantes. ¿Qué había causado la ira del príncipe? Pero en vez de quemar a aquellas almas inocentes, el rey y la reina embarcaron a la princesa en una nave junto a sus hijos, dos nodrizas, comida, agua y cuatro remeros, que se hicieron secretamente a la mar. Después llevaron tres muñecos parecidos a la princesa y sus bebés a la plaza del pueblo y les prendieron fuego. Los ciudadanos, que sentían un gran afecto por la princesa, lo consideraron un atropello y juraron venganza.

La princesa atravesó el mar en la nave y al llegar a la orilla desembarcó junto con sus bebés. Deambulaba por la playa desierta cuando apareció el dragón. Ya creía que ella y sus hijos iban a enfrentarse a la muerte cuando recordó las tres crines de la yegua. Las sacó, rompió una y de repente un matorral impenetrable se alzó ante sus ojos. Pero el dragón se zambulló en el matorral y logró abrirse paso. La princesa rompió otra crin y entonces brotó un río ancho y profundo. El dragón tuvo que luchar contra la corriente, pero por fin también logró atravesar el río. Desesperada, rompió la última crin cuando el dragón ya estaba a punto de alcanzarla, y entonces surgió una llamarada que se convirtió en un gran incendio. Pero el dragón lo atravesó y ya la había atrapado cuando apareció la yegua, galopando por la orilla.

Se enfrentó al dragón y empezaron a luchar. El dragón era más alto, pero la potranca se encabritó y le lanzó mordiscos tan furibundos que lo derribó y lo aplastó con sus cascos. La princesa corrió a abrazar a la yegua, pero su júbilo duró muy poco, porque el animal cerró los ojos, dejó caer la cabeza y cayó al suelo sin vida. La princesa lloró como si hubiera perdido a una hermana, recordando todo lo que la yegua había hecho por ella.

Allí estaba, llorando junto a sus hijos, cuando de pronto levantó la mirada y vio un gran palacio que no recordaba haber visto antes. Cuando se aproximó, vio a una bella dama asomada a una ventana que le indicaba que entrara. La princesa y sus hijos se introdujeron en el palacio y la dama la abrazó.

—No me reconoces, pero soy aquella yegua. Estaba hechizada y no podía volver a convertirme en mujer hasta haber matado a un dragón. Cuando rompiste las crines dejé a tu marido en el campo de batalla y corrí a encontrarte. Al matar al dragón, rompí el hechizo.

Dejémoslas allí de momento y regresemos junto al marido. Cuando vio que la yegua huía del campo de batalla, pensó «¡Algo debe de haberle ocurrido a mi esposa!», y se apresuró a ganar la guerra para poder regresar a casa.

Cuando llegó al pueblo, todos los ciudadanos se levantaron contra él.

—¡Tirano! ¡Monstruo! —chillaron—. ¿Qué delito cometieron esa pobre mujer y sus hijos?

Claro, el príncipe no comprendía de qué estaban hablando. Cuando su padre y su madre, furiosos y entristecidos, le mostraron la carta supuestamente enviada por él, dijo:

—¡No fui yo quien envió esta carta!

Cuando les mostró la que había recibido, todos comprendieron que ambas habían sido falsificadas por alguien, a saber quién.

Después de reunir a los marineros que habían transportado a su esposa a aquella playa desierta, el príncipe inmediatamente se hizo a la mar junto a ellos. Llegó hasta el lugar donde había desembarcado la princesa, vio al dragón muerto, vio a la yegua muerta y perdió todas las esperanzas. Pero mientras sollozaba, oyó que alguien lo llamaba: era la bella dama asomada a la ventana del palacio. Cuando entró, la dama le comunicó que ella era la yegua y lo acompañó hasta una habitación donde encontró a su esposa e

hijos. Se abrazaron, se besaron, sollozaron y lloraron. Después partieron, acompañados de la bella dama que había sido una yegua. En la ciudad todos se alegraron muchísimo cuando regresaron, y a partir de entonces nunca volvieron a separarse y vivieron felices.

Las aventuras de Eustaquio

de *El viaje del amanecer*

C. S. Lewis

EN GENERAL, todos sabemos con qué podemos encontrarnos en la guarida de un dragón, pero como ya he dicho, Eustaquio no había leído los libros adecuados. En los que sí leyó se hablaba mucho de importaciones y exportaciones y gobiernos y desagües, pero de dragones, poco. Por eso la superficie sobre la cual estaba tumbado le produjo tanto desconcierto. Algunas partes eran demasiado pinchudas para ser piedras y demasiado duras para ser espinas, y parecía haber grandes cantidades de objetos redondos y planos que tintineaban cuando se movía. La luz que penetraba por la entrada de la cueva era suficiente para examinar aquella superficie. Y claro, Eustaquio descubrió que estaba tumbado sobre algo que cualquiera de nosotros podría haberle dicho por anticipado: un tesoro. Había coronas (ésas eran las cosas pinchudas), monedas, anillos, brazaletes, lingotes, vasos, platos y joyas.

A diferencia de muchos chicos, Eustaquio casi nunca pensaba en tesoros, pero inmediatamente comprendió qué partido podría sacarle en ese mundo nuevo en el que había penetrado tontamente a través del cuadro de la habitación de Lucy, en su casa.

—Aquí no hay impuestos —dijo—. Y no hay que entregarle los tesoros al gobierno. Algunas de estas cosas me servirán para pasarlo bastante bien en este lugar... quizás en Calormen, que parece el menos absurdo de estos países. ¿Cuántas cosas podré llevarme? Ese brazalete, por ejemplo: a lo mejor esas piedras incrustadas son diamantes... Me lo pondré en la muñeca. Es demasiado grande, pero no si lo deslizo hacia arriba, por encima del codo. Después me llenaré los bolsillos de diamantes: son más fáciles de transportar que el oro. Me pregunto cuándo dejará de caer esta maldita lluvia.

Se deslizó hasta una zona un poco más confortable del montón, formada sobre todo por monedas, y se dispuso a esperar. Pero un gran susto, una vez que ha pasado, y sobre todo un gran susto después de una caminata por la montaña, te deja exhausto. Eustaquio se durmió.

Lo despertó un dolor en el brazo. La luz de la luna iluminaba la entrada de la cueva y la superficie sobre la que estaba tendido parecía haberse vuelto mucho más cómoda: de hecho, casi no la sentía. Al principio el dolor en el brazo lo desconcertó, pero después se dio cuenta de que el brazalete que llevaba más arriba del codo le apretaba el brazo de manera extraña. Quizá se le había hinchado mientras dormía (era el brazo izquierdo).

Pero cuando intentó tocarse el brazo izquierdo con la mano derecha, se mordió los labios, paralizado por el terror. Justo delante de él y un poco a la derecha, donde la luz de la luna iluminaba el suelo de la cueva, vio algo horroroso que se movía. Lo identificó de inmediato: era la garra de un dragón. Se movió cuando Eustaquio movió la mano, y se detuvo cuando dejó de moverla.

«He sido un imbécil —pensó Eustaquio—. Claro, es la hembra del dragón y está tendida junto a mí.»

Durante varios minutos no se atrevió a mover ni un músculo. Ante sus ojos dos columnas de humo negro se recortaban contra la luz de la luna: de la nariz del otro dragón también había surgido humo antes de caer muerto. Se asustó tanto que contuvo el aliento. Las dos columnas de humo desaparecieron. Cuando ya no pudo más, soltó el aliento lentamente; de inmediato, las dos columnas de humo volvieron a aparecer. Pero ni siquiera entonces comprendió qué había ocurrido.

Después de un rato decidió que se deslizaría con mucho cuidado hacia la izquierda e intentaría arrastrarse fuera de la cueva. Tal vez el monstruo estaba dormido... De todos modos, era lo único que podía hacer. Pero claro: antes de deslizarse hacia la izquierda miró en esa misma dirección. ¡Horror! A ese lado también había una garra de dragón.

A nadie le parecerán exageradas las lágrimas que Eustaquio entonces derramó. Cuando salpicaron el tesoro a sus pies, el tamaño de las lágrimas lo sorprendió. También parecían curiosamente calientes: despedían vapor.

Pero llorar era inútil. Tenía que tratar de arrastrarse hacia fuera entre ambos dragones. Empezó por estirar el brazo derecho. La pata delantera y la garra del dragón a su derecha imitaron el movimiento. Entonces estiró el izquierdo. El miembro del dragón situado a ese lado también se movió.

¡Dos dragones, uno a cada lado, que imitaban todos sus movimientos! El terror lo invadió y simplemente salió disparado.

Cuando dejaba atrás la cueva el estrépito, el ruido, el tintineo del oro, el crujido de las piedras, fueron tan intensos que creyó que ambos dragones lo perseguían. No osó mirar hacia atrás. Corrió hasta el estanque. El cuerpo retorcido del dragón muerto iluminado por la luna hubiera bastado para asustar a cualquiera, pero en ese momento casi no le prestó atención. Lo único que quería era sumergirse bajo el agua.

Pero justo cuando llegó al borde del estanque ocurrieron dos cosas. Lo primero que descubrió —y fue como un mazazo— era que había corrido sobre cuatro patas: ¿por qué diablos lo haría? Y después, cuando

se inclinó sobre la superficie del estanque creyó ver a otro dragón que lo observaba fijamente desde debajo del agua. Sólo tardó un instante en comprender la verdad. El rostro del dragón reflejado en el estanque era el suyo propio. No cabía ninguna duda. Se movía cuando él se movía, abría y cerraba las fauces cuando él abría y cerraba las suyas.

Se había convertido en dragón mientras dormía. Al dormir sobre el tesoro de un dragón, albergando codiciosos pensamientos de dragón, él mismo se había convertido en dragón.

Eso lo explicaba todo. No hubo dos dragones tendidos junto a él en la cueva. Las garras a derecha e izquierda habían sido sus propias garras. Las dos columnas de humo habían surgido de sus propias narices. Y en cuanto al dolor en el brazo izquierdo (o en lo que había sido su brazo izquierdo), ahora, bizqueando con el ojo izquierdo, veía lo que había ocurrido: el brazalete que encajaba perfectamente en el brazo de un chico era demasiado pequeño para encajar en la pata delantera gruesa y corta de un dragón. Estaba profundamente hundido en su carne cubierta de escamas y a cada lado se había formado un bulto doloroso. Intentó arrancar el brazalete con sus dientes de dragón, pero no lo logró.

Pese al dolor, lo primero que sintió fue alivio. Ya no había nada que temer. Ahora él mismo era una criatura terrorífica y nadie se atrevería a atacarlo, salvo un caballero (y no uno cualquiera). Ahora incluso podría ajustarle las cuentas a Caspian y Edmund...

Pero en cuanto lo pensó, comprendió que no deseaba hacerlo. Lo que quería era que fueran sus amigos. Quería volver a ser un humano y hablar y reír y compartir experiencias. Comprendió que era un monstruo, aislado de toda la raza humana. Se sintió invadido por una espantosa soledad. Poco a poco llegó a la conclusión de que en realidad los otros no habían sido sus amigos. Empezó a preguntarse si él mismo habría sido tan buena persona como siempre había pensado. Añoraba sus voces. Se hubiera sentido agradecido incluso si Reepicheep le hubiera dirigido una palabra afectuosa.

Al pensarlo, el pobre dragón que antes fue Eustaquio prorrumpió en llanto. Un poderoso dragón llorando a moco tendido bajo la luna en un valle desierto supone un espectáculo prácticamente inimaginable.

Perseo y Andrómeda

Padraic Colum

ETIOPÍA, QUE SE ENCUENTRA al otro lado de Libia, estaba gobernada por un rey llamado Cefeo. Este rey había permitido que su reina se jactara de ser más hermosa que las ninfas del mar. Como castigo por la impiedad de la reina y la insensatez del rey, Poseidón ordenó a un monstruo marino que arrasara el país. El monstruo acudía todos los años y cada vez destruía una mayor parte de Etiopía. Entonces el rey le preguntó a un oráculo qué podía hacer para salvar a su tierra y su pueblo. La respuesta del oráculo fue terrible: le dijo que el remedio consistía en sacrificar a su hija, la bella princesa Andrómeda.

Los feroces habitantes de Etiopía obligaron al rey a encadenar a Andrómeda a una roca a orillas del mar y abandonarla a merced del monstruo, que la devoraría y así satisfaría su voracidad.

Perseo, en su vuelo por las cercanías de la roca, oyó los lamentos de la doncella. Vio su bello cuerpo encadenado y se aproximó a ella después de quitarse el casco de la invisibilidad. Cuando Andrómeda lo vio, ocultó el rostro presa de la vergüenza, porque pensó que Perseo iba a creer que la habían encadenado a la roca por haber cometido alguna falta terrible.

Cefeo, su padre, había permanecido en las inmediaciones. Perseo lo vio, lo llamó y le preguntó por qué la doncella estaba encadenada a la roca. El rey le habló del sacrificio que se veía obligado a hacer. Entonces Perseo se acercó a la doncella y vio que lo miraba con expresión suplicante.

Después obligó a Cefeo a prometerle que le daría a Andrómeda por esposa si lograba acabar con el monstruo marino. Cefeo se lo prometió con mucho gusto. Entonces Perseo volvió a desenvainar su espada curva y aguardó la llegada del monstruo marino junto a la roca a la que estaba encadenada Andrómeda.

El monstruo apareció en el horizonte; era informe y horroroso. Perseo, calzado con sus sandalias aladas, se elevó por encima de la bestia que, al ver la sombra de Perseo reflejada en el agua, la atacó con gran ferocidad. Perseo descendió como desciende un águila; se abalanzó sobre el engendro con su espada curva y le atravesó el hombro. La horrorosa bestia se irguió por encima del mar. Perseo se elevó, escapando de sus fauces abiertas y de la triple hilera de colmillos. Volvió a descender en picado y le asestó un golpe con la espada. El cuerpo del monstruo estaba cubierto de duras escamas y caracolas, pero la espada de Perseo las atravesó. Volvió a erguirse, escupiendo agua mezclada con sangre. Perseo aterrizó sobre una roca cercana a donde Andrómeda estaba encadenada. El monstruo lo vio, soltó un aullido furioso y se abalanzó sobre Perseo. Cuando se levantó para acabar con él, el héroe clavó su espada en el cuerpo de la bestia una y otra vez. Ésta se hundió en el mar y de las profundidades brotó agua mezclada con sangre.

Entonces Andrómeda fue liberada de sus cadenas. Perseo, victorioso, alzó a la doncella medio desvanecida y la llevó hasta el palacio del rey. Y allí Cefeo volvió a prometerle que la daría en matrimonio a su salvador.

Perseo siguió su camino. Llegó hasta el valle oculto donde habitan las ninfas y les devolvió los tres tesoros mágicos que le habían entregado: el casco de la invisibilidad, las sandalias aladas y la alforja mágica. Y esos tesoros aún permanecen allí, y el héroe que logre abrirse paso y llegar hasta las ninfas podrá apropiarse de ellos, como Perseo.

Después regresó al lugar donde había encontrado a Andrómeda. Apartando la mirada, extrajo la cabeza de la Gorgona del sitio donde la había ocultado entre las rocas y la introdujo en un saco hecho de la piel escamada del monstruo que había exterminado. Entonces, cargado con este tremendo trofeo, se dirigió al palacio del rey Cefeo para reclamar a su novia.

El dragón perezoso

Kenneth Grahame

AHORA LAS PARTES más elevadas del terreno estaban ocupadas por numeroso público, e inmediatamente las ovaciones y los pañuelos agitados demostraron que veían algo que el muchacho, en el extremo de la fila cercano al dragón, aún no veía. Tras un minuto, el rojo penacho de plumas de san Jorge apareció en lo alto de la colina y el santo cabalgó lentamente a través de la amplia planicie que se extendía hasta la tenebrosa entrada de la cueva. Montado en su alto corcel, su aspecto era gallardo y hermoso, el sol hacía brillar su dorada armadura, mantenía en alto la larga lanza con el pequeño banderín blanco con la cruz roja agitándose en la punta. Refrenó el corcel y permaneció inmóvil. Las hileras de espectadores empezaron a retroceder con nerviosismo e incluso los chicos situados en la primera fila dejaron de tirarse de los pelos y de darse empujones para inclinarse hacia delante con expectación.

—¡Vamos, dragón! —masculló el muchacho con impaciencia, removiéndose inquieto en su asiento.

Si hubiera sabido lo que estaba a punto de ocurrir, no se habría preocupado. Las posibilidades dramáticas de aquel encuentro habían entusiasmado al dragón y se había levantado muy temprano para preparar su primera aparición en público con el mismo fervor de la juventud; volvía a sentirse como un pequeño dragón jugando con sus hermanas en la cueva de su mamá a los santos-y-dragones, aquel juego en el que el dragón siempre salía victorioso.

De pronto se oyó un refunfuño y unos bufidos, y después un bramido que pareció invadir la llanura. Una nube de humo oscureció la entrada de la cueva, y en medio de ésta surgió el dragón haciendo cabriolas. Era de un deslumbrante color azul marino, y todos exclamaron «¡Ohhh!», como si fuera un magnífico cohete. Sus escamas brillaban, se azotaba los flancos con su larga cola puntiaguda, con las garras levantaba trozos de césped que le volaban por encima del lomo, y de sus furiosas narices surgía humo y fuego sin parar.

—¡Así se hace, dragón! —exclamó el muchacho, nervioso. «No sabía que pudiera hacer eso», dijo para sus adentros.

San Jorge bajó la lanza, inclinó la cabeza, espoleó a su corcel y se acercó a galope tendido a través de la llanura. El dragón se lanzó al ataque rugiendo y chillando: un confuso revoltijo azul de bufidos, fauces restallantes, pinchos y llamas.

—¡Falló! —gritó la muchedumbre. La armadura dorada, las espirales azul verdosas y la cola pinchuda se enredaron brevemente, pero el poderoso corcel, tirando del freno, acabó llevando al santo, lanza en ristre, casi hasta la entrada de la cueva. El dragón se sentó y soltó un alarido furioso, mientras san Jorge se esforzaba por hacer volver al caballo.

«¡Fin del primer asalto! —pensó el muchacho—. ¡Lo han hecho la mar

de bien! Pero espero que el santo no pierda los nervios. Sé que puedo con-
fiar en el dragón. ¡Es un excelente actor!»

Por fin san Jorge logró que su corcel se aquietara y echó un vistazo
en derredor secándose el sudor de la frente. Cuando descubrió al muchacho, le sonrió y levantó tres dedos.

«Todo parece estar completamente planeado —se dijo el muchacho—.
Es obvio que el tercer asalto será el definitivo. Ojalá durara un poco
más. Pero ¿qué diablos está haciendo ese viejo tonto del dragón?»

Efectivamente, el dragón aprovechaba el intervalo para ofrecer un espectáculo rampante a la multitud. Eso de «rampante» significa correr en
círculo y agitar todo el esqueleto, desde las orejas puntiagudas hasta el
pincho que remata la larga cola. Si uno está cubierto de escamas azules,
el efecto es especialmente bonito, y el muchacho recordó que recientemente el dragón había manifestado su deseo de tener éxito en sociedad.

San Jorge recogió las riendas y avanzó, bajando la lanza y acomodándose en la montura.

—¡Tiempo! —gritaron todos animadamente, y el dragón dejó de rampar, se apoyó sobre las patas traseras y empezó a dar brincos amplios y torpes de un lado a otro, chillando como un piel roja. Eso desconcertó al caballo que corcoveó con violencia; el santo sólo logró evitar la caída agarrándose de las crines y, cuando pasó velozmente junto al dragón, éste lanzó un mordisco a la cola del caballo, de modo que la pobre bestia emprendió una loca carrera a través del prado... Tan lejos que afortunadamente las palabrotas del santo —que había perdido un estribo— resultaron inaudibles para la muchedumbre.

El segundo asalto había puesto de manifiesto un sentimiento de simpatía por el dragón. Los espectadores no tardaron en apreciar a un combatiente que se defendía tan bien, y que evidentemente pretendía ofrecer un buen espectáculo, y muchos comentarios alentadores llegaron hasta los oídos de nuestro amigo, que se pavoneaba de un lado a otro, sacando pecho y levantando la cola, disfrutando de lo lindo de su nueva popularidad.

San Jorge había desmontado y estaba ajustando la cincha, mientras informaba a su caballo de lo que pensaba de él, de sus parientes y de su conducta, aunque en esta ocasión con palabras muy elocuentes. El muchacho se dirigió al extremo de la fila donde se encontraba el santo y se encargó de sostenerle la lanza.

—¡Buena pelea, san Jorge! —exclamó—. ¿No podrías hacerla durar un poco más?

—Pues creo que será mejor que no —contestó el santo—. De hecho, el viejo papanatas de tu amigo se está volviendo engreído ahora que han empezado a vitorearlo; olvidará todo lo acordado y empezará a hacer el tonto, y nadie sabe hasta dónde es capaz de llegar. Acabaré con él en este asalto.

Montó en el corcel y el muchacho le entregó la lanza.

—No temas —le dijo en tono amable—. He marcado el lugar con

mucha precisión y seguro que él me ayudará cuanto pueda ¡porque sabe muy bien que es el único modo de que lo inviten al banquete!

San Jorge agarró la lanza más cerca de la empuñadura para acortar su alcance y en vez de galopar se acercó trotando al dragón, que se encogió y agitó la cola en el aire como si fuera un látigo. Al aproximarse a su contrincante, el santo giró en círculo alrededor del dragón sin apartar la vista del punto marcado, mientras que el dragón adoptaba una táctica similar y recorría el mismo círculo con mucha cautela; de vez en cuando hacía fintas con la cabeza. Ambos intentaban encontrar una brecha en la defensa mientras los espectadores guardaban silencio sin soltar el aliento.

Aunque el asalto se prolongó durante unos minutos, el final fue tan rápido que lo único que vio el muchacho fue un movimiento rapidísimo del brazo del santo; después hubo un confuso remolino de escamas, garras, cola y trozos de hierba. Cuando la polvareda se desvaneció, los espectadores se aproximaron a la carrera lanzando vítores, y el muchacho vio que el dragón se hallaba en el suelo prendido a él por la lanza. San Jorge había desmontado y se erguía a horcajadas sobre el cuerpo de su adversario.

Todo parecía tan auténtico que el muchacho se acercó jadeando, esperando que el bueno del dragón no estuviera herido de verdad. Cuando llegó junto a él, éste le guiñó un ojo y volvió a desplomarse. Estaba aprisionado por el cuello, pero el santo lo había golpeado en el punto acordado, y ni siquiera parecía hacerle cosquillas.

—No le cortaréis la cabeza, ¿verdad, señor? —preguntó un miembro del público. Había apostado por el dragón y estaba un tanto enfadado.

—Pues me parece que hoy no —contestó san Jorge en tono amable—. Verás, puedo hacerlo en cualquier momento. No hay prisa. Primero iremos todos a la aldea y tomaremos un refrigerio; después le echaré un buen sermón, ¡y ya veréis cómo se convierte en un dragón completamente diferente!

La hija de la Reina de las Flores

versión de Andrew Lang

U N DÍA UN JOVEN PRÍNCIPE cabalgaba a través de una pradera que se
extendía ante su vista a lo largo de muchas millas, cuando de pronto llegó a una zanja abierta. Apartó el caballo para evitarla y entonces oyó
un llanto que provenía de la zanja. Desmontó y se acercó hacia el origen
del sonido. Se llevó una gran sorpresa al ver a una anciana, que le suplicó
que la ayudara a salir de allí. Inclinándose, el príncipe la cogió en brazos,
la sacó de esa abertura, y le preguntó cómo había ido a parar allí.

—Hijo mío —respondió la anciana—, soy muy pobre y poco después
de medianoche me dirigí a la ciudad vecina para vender huevos en el mer-
cado a la mañana siguiente; pero me perdí en la oscuridad y caí en esta
zanja profunda, donde podría haber quedado atrapada para siempre si no
fuera por ti y lo gentil que has sido conmigo.

—Apenas puedes caminar —le dijo el príncipe—, te llevaré a tu casa en mi caballo. ¿Dónde vives?

—Allí, en las lindes del bosque, en la pequeña choza situada a lo lejos —contestó la anciana.

El príncipe la subió a su caballo y pronto llegaron a la choza, donde la anciana bajó del caballo y, volviéndose hacia el príncipe, le dijo:

—Aguarda un instante, quiero darte algo —dijo, desapareciendo en el interior de la choza. Regresó con rapidez y añadió—: Eres un príncipe poderoso pero tienes un buen corazón, y eso merece una recompensa. ¿Te gustaría que la mujer más bella del mundo fuera tu esposa?

—Por supuesto que sí —contestó el príncipe.

—La mujer más bella del mundo es la hija de la Reina de las Flores —prosiguió la anciana—, y ha sido capturada por un dragón. Si quieres casarte con ella, primero has de liberarla y yo te ayudaré a hacerlo. Te daré esta campanilla: si la haces sonar una vez, aparecerá el Rey de las Águilas; si la haces sonar dos veces, el Rey de los Zorros acudirá a tu lado y si la haces sonar tres veces, quien vendrá será el Rey de los Peces. Te prestarán ayuda si te encuentras en dificultades. Ve con Dios y que el cielo te proteja en tu empresa.

La anciana le dio la campanilla y entonces desaparecieron la choza y la anciana, como si se las hubiera tragado la tierra.

En ese instante, el príncipe comprendió que había estado hablando con un hada bondadosa y, tras guardar la campanilla cuidadosamente en su bolsillo, cabalgó hasta su hogar y le dijo a su padre que se disponía a liberar a la hija de la Reina de las Flores, que partiría al día siguiente a recorrer el mundo en busca de la muchacha.

Así, a la mañana siguiente, el príncipe montó en su espléndido corcel y abandonó su hogar. Durante un año entero recorrió todo el mundo; el cansancio acabó con la vida de su caballo, y él mismo sufrió hambre y penurias, pero no halló ni rastro de la doncella que buscaba.

Por fin, un día llegó a una choza delante de la cual estaba sentado un hombre muy anciano.

—¿Sabes dónde vive el dragón que mantiene prisionera a la hija de la Reina de las Flores? —le preguntó.

—No, no lo sé —respondió el anciano—, pero si continúas a lo largo de este camino durante un año, llegarás a una choza donde vive mi padre, y quizás él pueda decírtelo.

El príncipe le agradeció la información y durante un año entero siguió recorriendo el mismo camino. Al final llegó a una pequeña choza donde vivía un hombre muy anciano. Le hizo la misma pregunta y el anciano le contestó:

—No, no sé dónde vive el dragón. Pero continúa a lo largo de este camino durante otro año y llegarás hasta una choza donde vive mi padre. Sé que él podrá decírtelo.

Así que el príncipe siguió recorriendo el mismo camino durante otro año más y por fin llegó hasta la choza donde vivía el tercer anciano. Le hizo la misma pregunta que a su hijo y su nieto, pero esta vez el anciano le dijo:

—El dragón vive allí arriba en la montaña, y acaba de dormirse. Permanece despierto durante un año entero y al siguiente duerme. Pero si quieres ver a la hija de la Reina de las Flores, has de subir a la segunda montaña: allí vive la anciana madre del dragón y todas las noches celebra un baile al que la hija de la Reina de las Flores suele acudir.

El príncipe escaló la segunda montaña, donde se encontró con un castillo de muros de oro y ventanas de diamantes. Abrió la gran puerta que da al patio y, cuando se disponía a entrar, siete dragones se abalanzaron sobre él y le preguntaron qué quería.

—Muchos me han hablado de la belleza y la gentileza de la madre del dragón, y desearía ponerme a su servicio —respondió el príncipe.

Este discurso tan halagador agradó a los dragones y el más viejo dijo:

—Bien, puedes acompañarme y te llevaré hasta la madre del dragón.

Entraron al castillo y atravesaron doce magníficas salas hechas de oro y diamantes. En la última encontraron a la madre del dragón sentada en un trono de diamantes. Era la mujer más fea del mundo, y encima tenía tres cabezas. Su aspecto horrorizó al príncipe, y también su voz, que parecía el graznido de una bandada de cuervos.

—¿Por qué has venido aquí? —le preguntó.

—Me han hablado de vuestra belleza y gentileza —contestó el príncipe sin dudar ni un instante—, y quisiera ponerme a vuestro servicio.

—Muy bien —dijo la madre del dragón—, pero si quieres ponerte a mi servicio primero has de llevar mi yegua hasta el prado y cuidarla durante tres días; si no regresas con ella sana y salva todas las noches, te devoraremos.

El príncipe emprendió la tarea y condujo la yegua hasta el prado. Pero en cuanto llegaron hasta la hierba, la yegua desapareció. El príncipe la buscó, pero fue en vano. Por fin, desesperado, se sentó en una gran roca y reflexionó sobre su triste destino. Mientras permanecía sumido en sus pensamientos, vio un águila volando por encima de su cabeza. Entonces, de pronto recordó su pequeña campana y, sacándola del bolsillo, la hizo sonar una vez. Tras unos instantes oyó un batir de alas y el Rey de las Águilas aterrizó a sus pies.

—Sé lo que quieres de mí —dijo el ave—. Estás buscando la yegua de la madre del dragón, que galopa entre las nubes. Convocaré a todas las águilas del cielo, mandaré que atrapen a la yegua y te la traigan.

Y, tras pronunciar estas palabras, el Rey de las Águilas emprendió vuelo y se alejó. Al atardecer, el príncipe oyó un gran batir de alas y al levantar la vista vio que miles de águilas obligaban a la yegua a descender. Aterrizaron a sus pies y le entregaron el animal. Entonces el príncipe cabalgó hasta el castillo y la vieja madre del dragón se sorprendió muchísimo al verlo, diciendo:

—Hoy has logrado cuidar a mi yegua, y como recompensa esta noche asistirás al baile.

La madre del dragón le entregó una capa de cobre y lo condujo hasta una amplia habitación donde varios dragones hembra y macho bailaban juntos. Y también estaba la bella hija de la Reina de las Flores. Su vestido estaba confeccionado con las flores más hermosas del mundo, y su cutis era como los lirios y las rosas. Mientras el príncipe bailaba con ella, logró susurrarle las siguientes palabras:

—¡He venido a liberarte!

—Si el tercer día logras regresar con la yegua sana y salva, dile a la madre del dragón que te dé un potrillo como recompensa.

El baile acabó a medianoche, y temprano a la mañana siguiente el príncipe volvió a llevar la yegua al prado. Pero una vez más, ésta desapareció. Entonces sacó la campanilla y la hizo sonar dos veces.

Tras unos instantes, apareció el Rey de los Zorros y dijo:

—Ya sé lo que quieres, y convocaré a todos los zorros del mundo para que encuentren a la yegua, que se oculta en un cerro.

Tras pronunciar estas palabras, el Rey de los Zorros desapareció y al atardecer, miles de zorros llevaron la yegua hasta el príncipe.

Entonces cabalgó hasta el castillo de la madre del dragón, quien esta vez le dio una capa de plata y volvió a conducirlo hasta el salón de baile.

La hija de la Reina de las Flores se alegró al verlo sano y salvo y, mientras bailaban, le susurró las siguientes palabras al oído:

—Si mañana vuelves a tener éxito, espérame en el prado con el potrillo. Después del baile, ambos huiremos volando.

El tercer día, el príncipe llevó la yegua al prado una vez más; pero ésta volvió a desaparecer ante sus ojos. El príncipe sacó la campanilla y la hizo sonar tres veces.

Tras unos instantes apareció el Rey de los Peces y le dijo:

—Sé perfectamente lo que quieres que haga, y convocaré a todos

los peces del mar y les diré que te traigan la yegua, que se oculta en un río.

Cuando anochecía, los zorros le devolvieron la yegua y cuando la condujo en presencia de la madre del dragón, ésta le dijo:

—Eres un muchacho valeroso y te convertiré en mi sirviente. Pero, ¿qué quieres como recompensa, para empezar?

El príncipe le pidió un potrillo de la yegua y la madre del dragón se lo entregó inmediatamente y además le dio una capa de oro, porque se había enamorado de él, seducida por las palabras siempre halagadoras del príncipe sobre su belleza.

De modo que por la noche apareció en el baile envuelto en su capa de oro, pero antes de que finalizara se escabulló y fue directamente a las caballerizas, donde montó en el potrillo y cabalgó hasta el prado para esperar a la hija de la Reina de las Flores. La bella joven apareció alrededor de medianoche, el príncipe la subió al caballo y ambos cabalgaron como el viento hasta llegar a la morada de la Reina de las Flores. Pero los dragones habían observado su huida y despertaron a su hermano de su sueño anual. Cuando le contaron lo sucedido, el dragón montó en cólera y decidió sitiar el palacio de la Reina de las Flores. Pero ésta hizo surgir un bosque de flores altas como el cielo alrededor del palacio, y nadie podía atravesarlo.

Cuando la Reina de las Flores descubrió que su hija quería casarse con el príncipe, le dijo:

—Con mucho gusto daré mi consentimiento a vuestra boda, pero mi hija sólo podrá permanecer a tu lado en verano. En invierno, cuando todo está muerto y la tierra está cubierta de nieve, debe regresar y vivir conmigo bajo tierra, en mi palacio.

El príncipe aceptó esta condición y condujo a su bella novia hasta su hogar, donde la boda fue celebrada con gran pompa. Él y su esposa vivieron felices hasta que llegó el invierno; entonces la hija de la Reina de las Flores se marchó a casa de su madre. En verano regresó junto a su esposo, y ambos reanudaron su vida alegre y feliz hasta la llegada del invierno, cuando la hija de la Reina de las Flores regresó junto a su madre. Estas idas y venidas se prolongaron durante toda su vida, pero pese a todo siempre vivieron felices.

Li Chi mata
a la serpiente

Kan Pao

En Fukien, en el antiguo estado de Yueh, se encuentran las montañas Yung, algunas de cuyas cimas alcanzan muchos kilómetros de altura. Al noroeste hay una grieta en las montañas antaño habitadas por una gigantesca serpiente de veinte o veinticinco metros de largo y de un grosor de más de diez palmos. No dejaba de aterrorizar al pueblo y ya había acabado con la vida de numerosos comandantes de la capital y de muchos magistrados y funcionarios de los pueblos cercanos. Las ofrendas de bueyes y ovejas no lograban apaciguarla. Penetraba en los sueños de los hombres y transmitía sus deseos a través de médiums, exigiendo el sacrificio de niñas de doce o trece años para devorarlas.

Impotentes, el comandante y los magistrados se vieron obligados a elegir a hijas de esclavos o criminales y mantenerlas encerradas hasta las fechas designadas. Todos los años, en cierto día del octavo mes, abandonaban a una niña en la entrada de la cueva del monstruo y la serpiente emergía y devoraba a la víctima. Lo hicieron durante nueve años, hasta que nueve niñas fueron devoradas.

Durante el décimo año, los funcionarios empezaron a buscar otra niña para encerrarla hasta la fecha designada. Li Tan, un hombre del condado de Chiang Lo, tenía seis hijas y ningún hijo. Chi, su hija menor, se presentó voluntaria como víctima. Sus padres no querían permitírselo, pero ella dijo:

—Queridos padres, no podéis contar con nadie porque, tras criar a seis hijas y ningún hijo es como si no tuvierais ninguno. Jamás podría compararme con Ti Jung de la dinastía Han, que se ofreció al emperador como esclava a cambio de la vida de su padre. No podré cuidar de vosotros cuando seáis ancianos; sólo supongo el despilfarro de vuestros buenos alimentos y ropas. Como viva no os sirvo de nada, ¿por qué no renunciar a la vida un poco antes? No tiene nada de malo que me vendáis para obtener algún dinero.

Pero su padre y su madre la querían demasiado para darle su consentimiento, de modo que se marchó en secreto.

Entonces la voluntaria pidió a las autoridades que le dieran una espada afilada y un perro cazador de serpientes. Cuando llegó el día designado del octavo mes, se sentó en el templo con la espada en la mano y el perro a sus pies. Primero colocó varias bolas de arroz humedecidas con azúcar de malta en la entrada de la cueva de la serpiente.

La serpiente apareció. Su cabeza era del tamaño de un barril de arroz y los ojos, como grandes espejos. Al olfatear el aroma de las bolas de arroz, abrió las fauces para devorarlas. Entonces Li Chi soltó al perro cazador de serpientes, y éste le clavó los dientes al dragón. Li Chi se aproximó por detrás y le asestó profundos cortes con la espada. Las heridas le provocaron tanto dolor que el monstruo se lanzó al exterior de la cueva y murió.

Li Chi penetró en la cueva de la serpiente para recuperar las calaveras de las nueve víctimas. Lanzando un suspiro, dijo:

—Vuestra timidez hizo que fuerais devoradas. ¡Qué lástima!

Después emprendió lentamente el regreso a su hogar.

El rey de Yueh oyó hablar de estos acontecimientos y convirtió a Li Chi en su reina. Nombró a su padre magistrado del condado de Chiang Lo, y su madre y hermanas mayores recibieron riquezas. A partir de ese día, los monstruos desaparecieron de la región. Incluso hoy se siguen cantando baladas en honor a Li Chi.

Bilbo Bolsón
y Smaug

de *El hobbit*

J. R. R. Tolkien

EL SOL BRILLABA cuando emprendió viaje, pero el túnel estaba completamente oscuro. Cuando empezó a descender, la luz que se filtraba por la puerta entornada pronto se desvaneció. Avanzaba tan silenciosamente como el humo impulsado por la brisa y, al aproximarse a la puerta inferior, se sentía un tanto orgulloso de sí mismo. Sólo se veía un resplandor muy tenue.

«El viejo Smaug está cansado y dormido —pensó—. No puede verme ni oírme. ¡Arriba ese ánimo, Bilbo!» Había olvidado o nunca había oído hablar del sentido del olfato de los dragones. Y también ignoraba un pequeño inconveniente: que pueden dormir con un ojo medio abierto si sospechan algo.

Cuando Bilbo volvió a asomarse desde la entrada, sin duda Smaug parecía estar profundamente dormido. De hecho, casi parecía muerto: más que un ronquido, apenas soltaba unas bocanadas de vapor invisible. Cuando estaba a punto de entrar, de pronto vislumbró un delgado y penetrante destello rojo bajo el párpado izquierdo de Smaug. ¡Sólo simulaba estar dormido! ¡Estaba vigilando la entrada del túnel! Bilbo dio un paso atrás apresuradamente y bendijo la suerte del anillo. Entonces Smaug habló:

—¡Muy bien, ladrón! Te olfateo y percibo tus movimientos. Oigo tu respiración. ¡Venga! ¡Vuelve a servirte, hay de sobra!

Pero la ignorancia de Bilbo acerca de las costumbres de los dragones no llegaba a tanto, y si Smaug albergaba la esperanza de convencerlo para que se acercara, sufriría una decepción.

—No, gracias, ¡oh, Smaug *el Tremendo*! —replicó—. No he venido en busca de regalos. Sólo quería echarte un vistazo y comprobar que eras tan magnífico como en los cuentos. Yo no lo creía.

—¿Y ahora sí lo crees? —dijo el dragón un tanto halagado, aunque escéptico.

—Las canciones y los cuentos se quedaron cortos ante la realidad, ¡oh, Smaug, tú que eres la Mayor y Más Importante de las Calamidades! —dijo Bilbo.

—Pese a ser un ladrón y un mentiroso, tienes excelentes modales —dijo el dragón—. Pareces conocer mi nombre, pero no recuerdo haberte olfateado con anterioridad. ¿Quién eres y de dónde vienes, si se puede saber?

—¡Claro que se puede! Vengo de debajo de la colina, y mi camino me ha llevado por debajo y por encima de las colinas. Y a través del aire. Soy el que camina sin ser visto.

—Te creo —dijo Smaug—, pero ése no debe de ser tu nombre habitual.

—Soy el que encuentra pistas, el cortador de telarañas, la mosca que pica. Fui elegido por el número de la suerte.

—¡Unos títulos maravillosos! —dijo el dragón en tono desdeñoso—. Pero los números de la suerte no siempre salen.

—Soy el que entierra a sus amigos en vida y los ahoga y los vuelve a sacar del agua vivos. Provengo de una bolsa cerrada, pero ninguna bolsa me ha cubierto.

—Eso no suena tan encomiable —se burló Smaug.

—Soy el amigo de los osos y el huésped de las águilas. Soy Gananillo y Portafortuna; y soy el Jinete del Barril —prosiguió Bilbo, que empezaba a divertirse con sus acertijos.

—¡Eso está mejor! —dijo Smaug—. ¡Pero no te dejes llevar por tu imaginación!

Ésta es la manera de dirigirse a un dragón, claro está, si no quieres desvelar tu nombre verdadero (una sabia medida) y no quieres enfurecerlo negándote en redondo (lo que también es una sabia medida). Ningún dragón puede resistirse a los acertijos y a perder el tiempo tratando de resolverlos. Había muchas cosas que Smaug no comprendía en absoluto, pero consideró que había comprendido lo suficiente, y ahogó una risa en su malévolo interior.

«Es lo que pensé anoche —pensó con una sonrisa disimulada—. Hombres del Lago. O es algún asqueroso plan de esos miserables comerciantes de barriles, los Hombres del Lago, o que me convierta en lagartija. Hace siglos que no bajo por allí, ¡pero eso cambiará pronto!»

—¡Muy bien, oh, Jinete del Barril! —dijo en voz alta—. A lo mejor tu poni se llamaba Barril y a lo mejor no, aunque era bastante gordo. Puede que camines sin ser visto, pero no recorriste todo el camino andando. Te informo que anoche devoré seis ponis y pronto atraparé y devoraré todos los demás. A cambio de esa excelente comida te daré un consejo por tu propio bien: ¡evita los tratos con los enanos en la medida de lo posible!

—¡Enanos! —dijo Bilbo, simulando sorpresa.

—¡No me hables! —exclamó Smaug—. Conozco el olor (y el sabor) de un enano... nadie mejor que yo para eso. ¡Es imposible que haya devorado un poni montado por un enano sin enterarme! Acabarás mal si te relacionas con amigos como ésos, Ladrón Jinete del Barril. No tengo inconveniente en que regreses y se lo digas a todos de mi parte.

Pero no le dijo a Bilbo que había un olor que no conseguía descifrar: el olor a hobbit; no formaba parte de su experiencia y lo desconcertaba profundamente.

—Supongo que anoche obtuviste un precio justo por la copa, ¿no? —prosiguió—. Venga, dime, ¿fue así? ¡Nada! Pues eso es típico de ellos. Y supongo que están merodeando fuera, y que tu tarea consiste en hacer todo el trabajo peligroso y llevarte todo lo que puedas mientras yo no te vea... ¡Y todo para ellos! ¿Y te darán una parte equitativa? ¡No lo creas! Tendrás suerte de salir con vida.

Ahora Bilbo empezaba a sentirse realmente inquieto. Un temblor lo recorría cada vez que la mirada de Smaug, buscándolo entre las sombras, relampagueaba al atravesarlo, y sintió un deseo inexplicable de salir corriendo, mostrarse y decirle la verdad a Smaug. De hecho, corría el grave peligro de caer bajo el hechizo del dragón. Pero armándose de valor, volvió a hablar.

—No lo sabes todo, ¡oh, Smaug *el Poderoso*! —dijo—. No fue sólo el oro lo que nos trajo hasta aquí.

—¡Ajá, ajá! Has reconocido que se trata de «nos» —rió Smaug—. ¿Por qué no dices «nosotros catorce» y acabas con este asunto, señor Número de la Suerte? Me agrada oír que había otros asuntos que te trajeron por aquí, además de mi oro. En ese caso, tal vez no malgastes tu tiempo del todo.

»No sé si se te ha ocurrido que, incluso si lograras robar el oro poco a poco (algo que te llevaría unos cien años) no podrías llevarlo muy lejos. Y que no te serviría de mucho aquí, en la ladera de la montaña. Tampoco en el bosque te sería de mucha utilidad. ¡Bendita sea! ¿Nunca has pensado en el botín? Una catorceava parte, supongo, o algo así, eso fue lo acordado, ¿verdad? Pero ¿y la entrega? ¿Y el transporte? ¿Y los guardias armados y los peajes? —Y Smaug soltó una gran carcajada. Tenía un corazón malvado y astuto, y sabía que estaba prácticamente en lo cierto, aunque sospechaba que los Hombres del Lago estaban detrás de todos los planes, y que la mayor parte del botín iría a parar a la ciudad junto a la ribera, esa que cuando él era joven se había llamado Esgaroth.

Os costará creerlo, pero el pobre Bilbo estaba realmente desconcertado. Hasta entonces, todos sus pensamientos y energías se habían concentrado en llegar a la Montaña y descubrir la entrada. Nunca se había molestado en pensar cómo trasladarían el tesoro, y menos cómo transportar la parte que le correspondía por todo el camino de vuelta a Bolsón Cerrado, bajo la Colina.

Entonces lo invadió una desagradable sospecha: ¿acaso los enanos también habían pasado por alto este aspecto importante, o en realidad se habían reído de él en secreto todo el tiempo? He aquí el efecto que tienen las palabras de los dragones sobre los desprevenidos. Claro que Bilbo

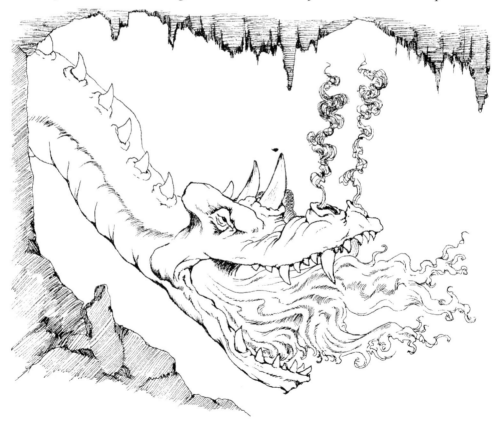

debería haberse puesto en guardia; pero la personalidad de Smaug era en verdad arrolladora.

—Te aseguro —dijo, intentando ser leal con sus amigos y no dejarse amilanar— que para nosotros el oro sólo fue una idea de último momento. Pasamos por encima y por debajo de las colinas, viajamos con las olas y el viento, por venganza. ¡Oh, Smaug, el inconmensurablemente acaudalado! Comprenderás que tu éxito te ha supuesto algunos enemigos acérrimos, ¿verdad?

Entonces Smaug rió de verdad... Un sonido devastador que sacudió a Bilbo haciéndolo caer, mientras que muy arriba en el túnel los enanos se acurrucaron, creyendo que la vida del hobbit había acabado repentinamente y de mala manera.

—¡Venganza! —bufó el dragón, y su mirada ardiente iluminó la sala del suelo al techo como un relámpago rojo—. ¡Venganza! El Rey bajo la Montaña está muerto, ¿y dónde están sus parientes que osan buscar venganza? Girion, Señor del Valle, ha muerto, y he devorado a su gente como el lobo entre los corderos, y ¿dónde están los hijos de sus hijos que osen acercarse a mí? Mato donde quiero y nadie se atreve a resistirse. Acabé con los antiguos guerreros y en el mundo ya no existen hombres como ellos. Y entonces sólo era joven y tierno. ¡Ahora soy viejo y fuerte, fuerte, fuerte, Ladrón de las Sombras! —se jactó—. ¡Mi armadura es como diez escudos, mis dientes son como sables, mis garras, lanzas, el golpe de mi cola es como un rayo, mis alas, como un huracán, y mi aliento, la muerte!

—Siempre creí —dijo Bilbo y su voz parecía un chillido atemorizado—, que el vientre de los dragones es más blando, sobre todo a la altura del... esto... pecho. Pero sin duda alguien tan blindado como tú ya lo habrá tenido en cuenta.

El dragón dejó de alardear.

—Tu información es anticuada —dijo en tono cortante—. Estoy blindado por encima y por debajo con escamas de hierro y gemas duras. Ningún sable puede atravesarme.

—Tendría que haberlo adivinado —dijo Bilbo—. Verdaderamente, es imposible encontrar a alguien que iguale al señor Smaug el *Impenetrable*. Poseer un chaleco de diamantes: ¡qué esplendor!

—Sí, es raro y maravilloso —dijo Smaug, absurdamente complacido. Ignoraba que en su visita anterior, el hobbit ya le había echado un vistazo a su peculiar blindaje inferior y que tenía sus propios motivos para querer examinarlo más de cerca. El dragón se puso boca arriba.

—¡Mira! —dijo—. ¿Qué te parece?

—¡Deslumbrante y maravilloso! ¡Perfecto! ¡Impecable! ¡Asombroso! —exclamó Bilbo en voz alta, pero lo que pensó fue lo siguiente: «¡Viejo tonto! ¡Pero si en el hueco de su pecho izquierdo hay una parte tan desnuda y vulnerable como un caracol sin caparazón!»

Después de comprobarlo, lo único que quería el señor Bolsón era poner pies en polvorosa.

—Bien, realmente no debo entretener a Vuestra Magnificencia durante más tiempo —dijo—, ni evitar que os toméis un necesario descanso. No es fácil atrapar a los ponis, creo, si parten con ventaja. Y tampoco a los ladrones —añadió como despedida mientras corría túnel arriba a toda velocidad.

Fue un comentario desafortunado, porque el dragón lanzó un chorro de fuego tras él, y aunque Bilbo remontó el túnel lo más rápido que pudo, no logró alejarse lo suficiente para quedarse tranquilo antes de que la horrorosa cabeza de Smaug apareciera en la entrada. Por suerte, era demasiado estrecha para que asomara la cabeza y las fauces, pero lanzó fuego y vapor por las narices, y casi lo alcanzan mientras seguía trastabillando, presa del dolor y del pánico. Se sentía bastante complacido tras la conversación mantenida con Smaug, pero el error final lo obligó a enfrentarse a la realidad.

«¡Nunca te rías de un dragón vivo, Bilbo, pedazo de idiota!», se dijo, y más adelante éste pasó a ser uno de sus dichos favoritos, hasta que se convirtió en un refrán.

«Esta aventura todavía no ha acabado», añadió, y eso también fue bastante cierto.

Tío Lubin
y el dragón

W. Heath Robinson

Durante sus viajes, tío Lubin sólo se asustó de verdad una única vez. En un lugar solitario y durante una espantosa tormenta, de pronto se topó con una serpiente-dragón que, como veréis en el dibujo, no era algo agradable con lo que encontrarse. Al ver esa bestia horrorosa, Lubin tembló de pies a cabeza, y estaba convencido de que caería sobre él y lo devoraría de inmediato, porque además de su horrible aspecto, parecía muy hambrienta.

Pero después de un rato, tío Lubin recuperó el valor. Recordó haber oído que cuando te encuentras con una serpiente, o dado el caso con una serpiente-dragón, lo mejor que puedes hacer es hechizarla con una melodía. Por suerte, tío Lubin llevaba consigo su vieja concertina, e inmediatamente empezó a tocar unas bonitas melodías.

A la serpiente-dragón le agradó la interpretación de Lubin y empezó a bailar. En efecto, la serpiente bailó y bailó sin parar durante toda la noche. Cuando se hizo de día se había enredado y formado tantos nudos que murió. Tío Lubin estaba muy cansado tras tocar la concertina toda la noche, pero se alegró mucho de haber vuelto a salvar la vida una vez más.

Los salvadores del país

E. Nesbit

TODO EMPEZÓ cuando a Effie se le metió algo en el ojo. Le dolía mucho y ardía como una chispa... sólo que además parecía tener patas y alas, como una mosca. Effie se frotó los ojos y lloró. Bueno, en realidad no lloró: lagrimeaba sin que sintiera tristeza, como hacen a veces los ojos. Así que fue en busca de su padre para que le quitara esa cosa.

El padre de Effie era médico, así que sabía cómo quitar cosas de los ojos: lo hizo con mucha habilidad, con un pincel suave humedecido en aceite de ricino. Cuando logró extraer la cosa dijo:

—Esto es muy extraño.

No era la primera vez que a Effie se le metía algo en el ojo, y a su padre siempre le había parecido de lo más normal —molesto y hasta malo—, pero sin embargo normal. Nunca lo había considerado algo extraño.

—Me parece que no ha salido —dijo Effie, tapándose el ojo con un pañuelo. Es lo que dicen todos cuando algo se les mete en el ojo.

—Sí que ha salido —dijo el doctor—. Aquí está, en el pincel. Esto es muy interesante.

Effie jamás había oído decir a su padre que algo relacionado con ella fuera interesante.

—¿Qué es? —preguntó.

El doctor atravesó la habitación con el pincel y sostuvo la punta debajo de su microscopio. Después hizo girar los botones de bronce del microscopio y miró a través de éste con un ojo.

—Caramba —dijo—. ¡Caramba, caracoles! Cuatro miembros bien desarrollados, un largo apéndice caudal, cinco dedos, unos más largos que otros. Casi parece un lacértido, y, sin embargo, hay rastros de alas. —La criatura observada se agitó un poco en el aceite de ricino, y el doctor prosiguió—: Sí, un ala parecida a la de los murciélagos. No cabe duda de que es un nuevo espécimen. Effie, ve a decirle al profesor que tenga la amabilidad de venir aquí un momento.

—Creo que me merezco seis peniques, papá —dijo Effie—, porque fui yo quien te trajo el nuevo espécimen. Lo conservé cuidadosamente en el ojo, y me duele, de verdad.

El doctor estaba tan encantado con el nuevo espécimen que le dio un chelín, y el profesor no tardó en acudir. Se quedó a almorzar y discutió alegremente con el doctor durante toda la tarde sobre el nombre y la familia a la que pertenecía la cosa que había salido del ojo de Effie.

Pero a la hora del té ocurrió algo más. Harry, el hermano de Effie, encontró algo en su taza de té; al principio creyó que era una tijereta. Cuando estaba a punto de tirarla al suelo y acabar con su vida de la manera habitual, el bicho se agitó en la cuchara, extendió dos alas mojadas y cayó sobre el mantel. Permaneció allí limpiándose con las patas y estirando las alas.

MONTROSE REGIONAL LIBRARY
320 SO. 2ND ST.
MONTROSE, CO 81401

—¡Pero si es un tritón diminuto! —exclamó Harry.

El profesor se inclinó hacia delante antes de que el doctor pudiera decir una sola palabra.

—Te daré media corona por él, Harry, muchacho —dijo, hablando con gran rapidez y después recogió el tritón con el pañuelo con mucho cuidado.

—Es un nuevo espécimen, doctor, y mucho mejor que el suyo.

Era una diminuta lagartija, de unos doce milímetros de largo... con escamas y alas.

De modo que ahora el doctor y el profesor tenían un espécimen cada uno, y ambos estaban muy contentos. Pero casi enseguida estos especímenes empezaron a parecer menos valiosos. Porque a la mañana siguiente, cuando el criado estaba lustrando los botines del doctor, de repente soltó los cepillos, el botín y el betún y chilló que se había quemado.

Y un lagarto de grandes alas brillantes y del tamaño de un gatito se arrastró fuera desde el interior del botín.

—Pues yo sé qué es —dijo Effie—. Es un dragón, como el que mató san Jorge.

Y Effie tenía razón. Esa tarde un dragón del tamaño de un conejo mordió a *Towser*, el perro que lo perseguía, y al día siguiente todos los diarios hablaban de los maravillosos «lagartos alados» que estaban apareciendo en todo el país. Los diarios no decían que fueran dragones, porque está claro que hoy en día nadie cree en los dragones... y, de cualquier manera, los diarios no iban a ser tan tontos como para creer en cuentos de hadas. Al principio sólo eran unos pocos, pero en una o dos semanas el país estaba invadido por dragones de todos los tamaños y a veces se los veía volar en densas nubes, como un enjambre de abejas. Todos eran parecidos, a excepción del tamaño. Eran verdes, tenían escamas, cuatro patas, una cola larga y grandes alas como las de los murciélagos, sólo que eran de un color amarillo pálido semitransparente, como las cajas de cambios de las bicicletas.

Y expulsaban llamas y humo, como hacen los dragones como es debido, pero los diarios insistían en afirmar que se trataba de lagartos, hasta que uno muy grande atrapó al editor de *The Standard* y se lo llevó, y entonces ya no hubo nadie que les dijera a los demás periodistas lo que no debían creer. Así que cuando un dragón se llevó al elefante más grande del zoológico, los diarios dejaron de disimular y encabezaron las noticias con el siguiente título: ALARMANTE PLAGA DE DRAGONES.

Y no os podéis imaginar cuán alarmante resultaba, y al mismo tiempo cuán incordiante. Qué duda cabe de que los dragones de mayor tamaño eran algo horroroso, pero cuando se descubrió que siempre se acostaban temprano porque temían el aire frío de la noche, lo único que debías hacer era quedarte en casa todo el día, y así estabas a salvo de los más grandes.

Pero los más pequeños eran sumamente molestos. Los del tamaño de una tijereta se metían en el jabón y en la mantequilla. Los del tamaño de un perro se metían en la bañera, y el fuego y el humo de su interior hacía que desprendieran muchísimo vapor cuando abrías el grifo de agua fría, lo que suponía que los distraídos a veces sufrían quemaduras graves. Los que eran del tamaño de una paloma solían meterse en los costureros o los cajones y te mordían cuando cogías una aguja o un pañuelo.

Los del tamaño de una oveja eran más fáciles de evitar, porque los veías venir, pero cuando entraban volando por las ventanas y se acurrucaban debajo de tu edredón, no los descubrías hasta que te metías en la cama, y eso siempre suponía un susto. Los de ese tamaño no devoraban a las personas, sólo comían lechuga, pero también dejaban chamuscadas las sábanas y las fundas de las almohadas.

Claro que la corporación del condado y la policía hacían todo lo posible. Era inútil ofrecerle la mano de la princesa a cualquiera que matara un dragón. Puede que antaño eso fuera lo adecuado —cuando sólo había un dragón y una princesa— pero aunque la familia real era numerosa, ahora había muchos más dragones que princesas. Además, ofrecer recompensas por matar dragones hubiera sido un despilfarro de princesas, porque todo el mundo mataba cuantos dragones podía, por su propia cuenta y sin ningún tipo de recompensa, sólo para librarse de esos bichos repugnantes. La corporación del condado se encargó de la incineración de todos los dragones depositados en sus oficinas entre las diez y las dos de la tarde, y cualquier día de la semana veías carros, vagones y camiones repletos de dragones aparcados en una larga fila en la calle donde se encontraba la corporación del condado. Los muchachos llegaban con carretillas llenas de dragones muertos, y los niños que regresaban de la escuela pasaban por allí para dejar uno o dos puñados de dragoncitos transportados en sus mochilas o en pañuelos anudados. Y sin embargo, parecía haber más dragones que nunca. Entonces la policía montó grandes torres de madera y lona cubiertas de pegamento. Cuando los dragones chocaban contra las torres se quedaban pegados, como las moscas y las avispas al papel pringoso colgado en las cocinas, y cuando las torres quedaban completamente cubiertas de dragones, el inspector de policía prendía fuego a las torres y las quemaba, junto con los dragones.

Y, sin embargo, parecía haber más dragones que nunca.

Las tiendas estaban repletas de veneno para dragones y jabón antidragón, y cortinas a prueba de dragones para las ventanas. De hecho, todos hacían todo lo que era posible hacer.

Y, sin embargo, parecía haber más dragones que nunca.

Era bastante difícil averiguar qué podía envenenar a un dragón, porque comían cosas muy variadas. Los más grandes comían elefantes, mientras los hubiera, y después pasaron a comer caballos y vacas. Los de otro tamaño sólo comían lirios de los valles, y los de un tercer tamaño sólo comían primeros ministros, cuando los conseguían; de lo contrario, se dedicaban a devorar chicos con chaquetas de botones. Había otros que comían ladrillos, y tres de éstos devoraron dos terceras partes del Hospital de South Lambeth en una sola tarde.

Pero Effie temía sobre todo a los que eran del tamaño de un comedor, porque los de esa medida devoraban niños y niñas.

Al principio, Effie y su hermano estaban bastante contentos con el cambio que se había producido en sus vidas. Era muy divertido estar despierto toda la noche en vez de irse a dormir, y jugar en el jardín iluminado con luces eléctricas. Y cuando se iban a la cama, les hacía mucha gracia oír a su madre decirles:

—Buenas noches, queridos, que durmáis bien todo el día y no os levantéis demasiado temprano. No debéis levantaros antes de que haya oscurecido por completo. No querréis que esos horrorosos dragones os atrapen, ¿verdad?

Pero después de un tiempo se cansaron de todo aquello; querían ver las flores y los árboles creciendo en los prados, y el bonito sol luciendo en el jardín, y no sólo a través de las ventanas y cortinas a prueba de dragones. Y querían jugar en el césped, algo que tenían prohibido hacer en el jardín iluminado por luces eléctricas debido al rocío.

Y tenían tantas ganas de salir fuera, aunque sólo fuera una vez, para jugar bajo la luz bella y peligrosa del sol, que intentaron idear algún motivo por el cual deberían salir, aunque les disgustaba desobedecer a su madre.

Pero como una mañana su madre estaba ocupada preparando más veneno para dragones para esparcirlo en el sótano, y como su padre estaba vendando la mano del lustrabotas —uno de los dragones al que le gustaba devorar primeros ministros cuando los conseguían, lo había arañado—, aquel día nadie recordó decirles a los niños que no se levantaran hasta que hubiera oscurecido por completo.

—Salgamos ahora —dijo Harry—. Eso no será desobedecer. Y sé exactamente lo que deberíamos hacer, pero no sé cómo hacerlo.

—¿Lo que deberíamos hacer? —preguntó Effie.

—Deberíamos despertar a san Jorge, está clarísimo —dijo Harry—. Era el único de este pueblo que sabía cómo enfrentarse a los dragones: las personas que salen en los cuentos de hadas no cuentan. Pero san Jorge es una persona real, sólo está dormido, esperando a que lo despierten. Sólo que ahora nadie cree en él. Oí que papá lo decía.

—Nosotros sí creemos en él —dijo Effie.

—Claro que sí. ¿Y no te das cuenta, Ef, que ésa es la razón por la que podríamos despertarlo? No puedes despertar a alguien si no crees en él, ¿verdad?

Effie le dio la razón, pero ¿dónde iban a encontrar a san Jorge?

—Debemos ir en su busca —dijo Harry en tono audaz—. Tendrás que ponerte un vestido a prueba de dragones, hecho con una tela como la de las cortinas. Y yo me embadurnaré con el mejor veneno para dragones y...

Effie juntó las manos y brincó de alegría.

—¡Oh, Harry! —exclamó—. ¡Sé dónde podemos encontrar a san Jorge! ¡En la iglesia de San Jorge, por supuesto!

—Hummm —dijo Harry, deseando que se le hubiera ocurrido a él—, a veces tienes bastante sentido común, para ser una chica.

Así que esa tarde, muy temprano, mucho antes de que la luz del atardecer anunciara la llegada de la noche y todos se levantaran para ir a trabajar, los chicos se levantaron de la cama. Effie se envolvió en un velo de muselina a prueba de dragones —no había tiempo para confeccionar un vestido—, y Harry se embadurnó con veneno para dragones. En la etiqueta se garantizaba que era totalmente inocuo para niños e inválidos, lo que le tranquilizó.

Después, cogidos de la mano, se dirigieron a la iglesia de San Jorge. Como sabéis, hay muchas iglesias de San Jorge, pero afortunadamente tomaron por la calle que conduce a la correcta y la recorrieron iluminados por la luz del sol, sintiéndose muy valientes y aventureros.

En las calles no había nadie, sólo dragones pululando por todas partes. Por suerte ninguno era del tamaño de los que devoran niños y niñas, de lo contrario este cuento quizás hubiera acabado aquí. Había dragones en las aceras, en la calzada, otros disfrutando del sol en las puertas de entrada de los edificios públicos y acicalándose las alas en los tejados iluminados por los cálidos rayos del sol. La ciudad estaba invadida por el color verde de sus escamas. Incluso cuando los chicos salieron de la ciudad y recorrieron los senderos, notaron que los campos a ambos lados eran más verdes que de costumbre debido a la profusión de patas y colas escamadas, y algunos de los dragones más pequeños se habían construido nidos de amianto en los cercos de espinos en flor.

Effie se aferraba a la mano de Harry y cuando un dragón gordo chocó contra su oreja lanzó un chillido, y una bandada de dragones verdes se elevó del prado y salió volando. Los chicos oyeron el zumbido de sus alas al volar.

—Quiero irme a casa —dijo Effie.

—No seas tonta —dijo Harry—. No habrás olvidado a los Siete Héroes*, ¿verdad?, y a todos los príncipes. Los que están destinados a ser los salvadores de la patria nunca chillan ni dicen que quieren irse a casa.

—¿Nosotros lo somos? —preguntó Effie—. Los salvadores, quiero decir.

—Ya lo verás —respondió su hermano, y prosiguieron su camino.

Cuando llegaron a la iglesia de San Jorge la puerta estaba abierta y entraron, pero san Jorge no estaba allí, así que fueron hasta el cementerio y pronto descubrieron la gran tumba de piedra del santo, sobre la cual estaba su imagen tallada en mármol. Llevaba armadura y casco, y tenía las manos plegadas en el pecho.

—¿Cómo haremos para despertarlo? —se preguntaron.

Entonces Harry le habló a san Jorge, pero no obtuvo respuesta. Y lo llamó, pero san Jorge parecía no oír. Y después intentó despertar al gran matador de dragones sacudiéndole los hombros de mármol. Pero san Jorge hizo caso omiso.

Entonces Effie empezó a llorar y le rodeó el cuello con los brazos, aunque la armadura de mármol se lo hacía bastante difícil, le besó el rostro marmóreo y dijo:

---

* Los santos patronos de Inglaterra, Escocia, Gales, Irlanda, Francia, Italia y España.

—Por favor, buen san Jorge, despierta y ayúdanos.

Y entonces san Jorge abrió los ojos medio dormido, se desperezó y dijo:

—¿Qué ocurre, niñita?

Los niños le contaron todo lo que había ocurrido. San Jorge escuchó incorporándose y apoyando el codo en la rodilla. Pero cuando oyó que los dragones eran muy numerosos, sacudió la cabeza.

—No hay nada que hacer —dijo—. Serían demasiados para el pobre y viejo Jorge. Deberíais haberme despertado antes. Siempre estuve dispuesto para una lucha justa: mi lema era «un hombre, un dragón».

En ese preciso instante, una bandada de dragones pasó volando por encima de sus cabezas, y san Jorge empezó a desenvainar su espada.

Pero cuando los dragones se alejaron, sacudió la cabeza y volvió a envainarla.

—No puedo hacer nada —dijo—. Las cosas han cambiado desde mi época. Me lo contó san Andrés. Lo despertaron cuando lo de esa huelga de técnicos, y vino a hablar conmigo. Dice que ahora las máquinas lo hacen todo. Debe de haber alguna manera de acabar con estos dragones. A propósito, ¿qué tal tiempo ha hecho últimamente?

Esa pregunta parecía tan frívola y cruel en esos momentos que Harry no pudo contestar, pero Effie dijo en tono paciente:

—Ha hecho muy buen tiempo. Papá dice que nunca ha hecho tanto calor en este país.

—¡Ah, lo suponía! —comentó el héroe en tono pensativo—. Pues el único remedio sería... Los dragones no toleran la lluvia y el frío, ahí está la única solución. Si es que lográis encontrar los grifos...

San Jorge volvió a tenderse sobre su losa de piedra.

—Buenas noches, lamento no poder ayudaros —dijo san Jorge, bostezando detrás de su mano marmórea.

—¡Claro que puedes! —exclamó Effie—. Dinos: ¿qué grifos?

—Como los del baño —dijo san Jorge, aún más adormilado—. Y también hay un espejo. En él se ve todo el mundo y lo que está ocurriendo. Me lo dijo san Daniel. Dijo que era muy bonito. Lamento no poder... Buenas noches.

Y se recostó sobre el mármol para quedarse profundamente dormido en un instante.

—Nunca encontraremos esos grifos —dijo Harry—. ¡Oye! ¿A que sería terrible si san Jorge se despertara cuando un dragón anduviera cerca, de esos que devoran héroes?

Effie se quitó su velo a prueba de dragones.

—No nos hemos encontrado con ninguno del tamaño de un comedor al venir hacia aquí —dijo—. Apuesto a que no nos ocurrirá nada.

Así que cubrió a san Jorge con el velo y Harry se quitó todo el veneno para dragones que pudo y embadurnó la armadura de san Jorge, para que no corriera peligro.

—Podríamos ocultarnos en la iglesia hasta que oscurezca —dijo—, y entonces...

Pero en ese instante una sombra oscura se proyectó sobre ellos y vieron que pertenecía a un dragón del mismo tamaño que el comedor de su casa.

Entonces supieron que todo estaba perdido. El dragón bajó en picado y atrapó a ambos niños con sus garras. Agarró a Effie de la faja de seda verde y a Harry de la chaquetilla, desplegó sus grandes alas amarillas y levantó vuelo, traqueteando como un vagón de ferrocarril de tercera clase con el freno echado.

—¡Oh, Harry! —dijo Effie—. Me pregunto cuándo nos devorará.

El dragón volaba por encima de bosques y campos, y con cada golpe de ala avanzaba medio kilómetro.

Harry y Effie vieron el paisaje fluir bajo sus pies: los cercados, los ríos, las iglesias y las granjas, a una velocidad mucho mayor que vistas a través de una ventana del más veloz de los trenes expresos.

Y el dragón seguía volando. Los chicos vieron otros dragones en el

aire, pero el que era del tamaño del comedor nunca se detuvo para decirles nada, sólo siguió volando sin parar.

—Sabe adónde quiere ir —dijo Harry—. ¡Ojalá nos dejara caer antes de llegar a destino!

Pero el dragón no los soltó y voló, voló y voló hasta que por fin, cuando los chicos ya estaban bastante mareados, aterrizó en la cima de una montaña con un gran restallido de escamas. Y allí permaneció tendido sobre su gran flanco verde y escamoso, jadeando y sin aliento después de recorrer una distancia tan grande. Pero sus garras seguían clavadas en la faja de Effie y la chaquetilla de Harry.

Entonces Effie sacó el cuchillo que Harry le había regalado por su cumpleaños. Sólo había costado seis peniques, hacía un mes que lo tenía y no servía más que para sacarle punta a los lápices, pero de algún modo se las ingenió para hacer un corte en la parte delantera de la faja y se la quitó, así que el dragón se quedó con un lazo de seda verde entre las garras. Pero ese cuchillo no servía para cortar la chaquetilla de Harry y, tras intentarlo durante algunos minutos, Effie desistió. En cambio, le ayudó a quitarse silenciosamente las mangas, y lo único que quedó atrapado en la otra garra del dragón fue una chaquetilla.

Entonces los chicos caminaron de puntillas hasta una grieta en las rocas y se introdujeron en ella. Como era demasiado estrecha para que el dragón también pudiera meterse, se quedaron allí, y esperaron a que el dragón despertara después de descansar. Así, cuando por fin despertó, empezaron a sacarle la lengua y a hacerle muecas. El dragón se enfadó muchísimo cuando le hicieron muecas, y lanzó llamas y humo hacia la grieta, pero los chicos corrieron hacia el interior de la cueva para que las llamas no los alcanzaran, y cuando el dragón se cansó de resoplar, se marchó.

Pero tenían miedo de salir de la cueva, así que siguieron hacia dentro. Al cabo de poco tiempo la cueva se ensanchó y vieron que el suelo estaba cubierto de arena suave, y cuando llegaron al final de la cueva encontraron una puerta con un cartel que ponía:

SALA DE GRIFOS UNIVERSAL
PRIVADO
PROHIBIDA LA ENTRADA

Abrieron la puerta inmediatamente sólo para echar un vistazo, y entonces recordaron las palabras de san Jorge.

—La situación no podría ser peor —dijo Harry—. Tenemos un dragón esperándonos ante la cueva. Entremos.

Así que penetraron audazmente en la sala de grifos y cerraron la puerta.

Y se encontraron en una habitación tallada en la roca, un lado estaba cubierto de grifos, todos marcados con carteles de porcelana, como en los baños. Y como ambos sabían leer palabras de dos sílabas, y a veces de tres, comprendieron de inmediato que habían llegado al lugar desde donde se controla el clima.

Había seis grandes grifos: «Sol», «Viento», «Lluvia», «Nieve», «Granizo», «Hielo», y un montón de grifos pequeños donde ponía «Variable», «Lluvioso», «Brisas del sur», «Buen tiempo para el cultivo», «Patinaje», «Tormentoso», «Viento del sur», «Viento del este», etc.

Y el gran grifo en el que ponía «Sol» estaba completamente abierto. No veían ningún rayo de sol —la cueva estaba iluminada por una claraboya de cristal azul— de modo que supusieron que la luz del sol se vertía desde alguna otra parte, como ocurre con esos grifos que a veces hay en la parte inferior de los fregaderos de las cocinas.

Entonces vieron que el otro lado de la sala sólo era un gran espejo. En él se podía ver todo lo que estaba ocurriendo en el mundo, y todo al mismo tiempo, lo que no ocurre con la mayoría de los espejos. Vieron los carros depositando los dragones muertos en las oficinas del condado, y a san Jorge dormido bajo el velo a prueba de dragones. Y vieron a su madre en casa, llorando porque sus hijos habían salido fuera, bajo la horrorosa y peligrosa luz del sol, y que temía que el dragón los hubiera devorado.

Y vieron toda Inglaterra, como un gran mapa en forma de puzzle: los campos eran verdes y las ciudades, marrones. Era negro en las partes donde extraen carbón, fabrican loza, cubiertos y productos químicos. Y todo estaba cubierto por una red de dragones verdes, tanto las partes negras, como las marrones, como las verdes. Y vieron que aún era de día y que ningún dragón se había ido a la cama.

—A los dragones les disgusta el frío —dijo Effie e intentó cerrar el grifo del sol, pero no funcionaba y por eso había hecho tanto calor y los dragones habían podido incubarse. Así que dejaron de manipular el grifo del sol y abrieron el de la nieve, y fueron a ver qué se veía en el espejo. Allí vieron que los dragones corrían de un lado a otro como hormigas, si es que has visto lo que ocurre cuando derramas agua en un hormiguero, cosa de lo más improbable, por supuesto. Y la nieve caía cada vez con más intensidad.

Entonces Effie abrió el grifo de la lluvia por completo y en poco tiempo los dragones empezaron a agitarse cada vez menos, y después de un rato algunos de ellos yacían inmóviles y los chicos comprendieron que el agua había apagado el fuego en su interior y que estaban muertos. Entonces abrieron el grifo del granizo —sólo un poco, para que no rompiera las ventanas— y tras unos minutos ya no había ningún dragón que siguiera moviéndose.

Entonces los chicos se dieron cuenta de que realmente eran los salvadores del país.

—Nos levantarán un monumento —dijo Harry—, ¡tan alto como el de Nelson! Todos los dragones están muertos.

—Espero que el que nos esperaba delante de la cueva también esté muerto —dijo Effie—. Y en cuanto al monumento, Harry, no estoy tan segura. ¿Qué harán con todos esos dragones muertos? Llevaría años enterrarlos y ahora que están empapados será imposible quemarlos. Ojalá la lluvia los arrastrara hasta el mar.

Pero eso no ocurrió, y los chicos empezaron a pensar que después de todo no habían sido tan tremendamente listos.

—Me pregunto para qué sirve esto —dijo Harry. Había descubierto un grifo viejo y oxidado que parecía no haber sido usado en años. La etiqueta de porcelana estaba completamente cubierta de mugre y telarañas. Cuando Effie la limpió con un trozo de su falda (porque curiosamente ambos habían salido sin llevar pañuelo) vio que en la etiqueta ponía «Basura».

»Abrámoslo —sugirió—. A lo mejor hará desaparecer a los dragones.

El grifo estaba atascado por tantos años en desuso, pero entre ambos lograron abrirlo y después corrieron al espejo para ver qué había ocurrido.

Vieron que un gran agujero negro se había abierto en el centro de Inglaterra y que los lados del mapa se inclinaban y la lluvia se escurría por el agujero.

—¡Hurra, hurra, hurra! —exclamó Effie, y regresó apresuradamente a los grifos para abrir todos los que parecían tener relación con el agua. «Lluvioso», «Tormentoso», «Buen clima para el cultivo» e incluso «Sur» y «Sudoeste», porque había oído decir a su padre que esos vientos traían lluvias.

Y ahora las lluvias inundaban el país y un torrente de agua fluía hacia el centro del mapa, y las cataratas se derramaban en el gran agujero redondo en el centro del mapa, y los dragones eran arrastrados por las aguas y desaparecían por el sumidero en grandes cantidades, como bancos de peces verdes dispersos, por unidades o por docenas, de todos los tamaños, desde los que atrapan elefantes hasta los que se meten en el té.

Y en poco tiempo no quedó ni un dragón. Entonces cerraron el grifo etiquetado «Basura» y cerraron el etiquetado «Sol» —estaba roto, así que no pudieron cerrarlo del todo— y después abrieron el que ponía «Variable» y «Lluvioso» y ambos grifos se atascaron y no se podían cerrar, lo que explica el clima de Inglaterra.

¿Y cómo regresaron a casa? En el ferrocarril de Snowdown, por supuesto.

Y la nación, ¿se sintió agradecida? Bueno... la nación estaba completamente empapada. Y para cuando volvió a secarse, lo que le interesaba a sus habitantes era el nuevo invento eléctrico para tostar bollos, y los dragones prácticamente habían caído en el olvido. Una vez muertos y desaparecidos, los dragones pierden importancia, y como sabéis, nunca ofrecieron una recompensa.

¿Y qué dijeron mamá y papá cuando Effie y Harry volvieron a casa?

Amiguitos: ésa es la clase de pregunta tonta que vosotros los niños siempre hacéis. Sin embargo, y sólo por esta vez, no tengo inconveniente en decíroslo.

Mamá dijo:

—¡Oh, cariños míos, estáis a salvo, estáis a salvo! Sois unos traviesos, ¿cómo pudisteis ser tan desobedientes? ¡A la cama, inmediatamente!

Y su padre el médico, dijo:

—¡Ojalá hubiera sabido lo que haríais! Me habría gustado conservar un espécimen. Tiré a la basura el del ojo de Effie, porque quería obtener uno más perfecto. ¿Cómo iba a prever esa inmediata extinción de la especie?

En cuanto al profesor, no dijo nada, pero se frotó las manos. Había guardado a buen recaudo su espécimen —el del tamaño de una tijereta por el que le pagó media corona a Harry— y aún lo conserva.

¡Tenéis que pedirle que os lo enseñe!

El diablo y su abuela

Hermanos Grimm

S E LIBRABA UNA gran guerra y el rey tenía muchos soldados, pero les pagaba poco, tan poco que no les bastaba para vivir, así que tres de ellos se pusieron de acuerdo para desertar.

—Si nos atrapan, nos colgarán de la horca; ¿cómo nos las arreglaremos? —dijo uno de ellos.

—Mira ese gran campo de maíz —dijo otro—, si nos ocultáramos allí, nadie nos encontraría. Las tropas tienen prohibido pisarlo y mañana partirán a otra parte.

Entonces se ocultaron en medio del maizal, pero las tropas no partieron, sino que permanecieron rodeando el campo.

Los soldados se quedaron en el maizal durante dos días y dos noches, y estaban tan hambrientos que casi mueren, pero si hubieran salido, habrían muerto con toda seguridad.

Entonces dijeron:

—¿De qué nos sirve desertar si hemos de perecer aquí?

Pero entonces un dragón llegó volando, aterrizó junto a ellos y les preguntó por qué se habían ocultado allí.

—Somos tres soldados que hemos desertado porque la paga es muy mala, y ahora moriremos de hambre si permanecemos aquí, o nos colgarán en la horca si salimos —respondieron.

—Si me servís durante siete años —dijo el dragón—, sobrevolaré el ejército y nadie podrá atraparos.

—No tenemos elección y estamos obligados a aceptar —contestaron.

Entonces el dragón los aferró con sus garras, los transportó volando por encima del ejército y después los depositó en el suelo, lejos de allí. Pero el dragón era nada menos que el Diablo. Les dio un pequeño látigo y dijo:

—Hacedlo restallar y de la tierra brotará todo el oro que podríais desear; entonces podréis vivir como grandes señores, con caballos y carruajes; pero cuando hayan pasado siete años, seréis míos.

Después colocó un libro delante de ellos y los obligó a firmar.

—Pero antes de apoderarme de vosotros os plantearé un acertijo —dijo—. Si lo descifráis, seréis libres y ya no tendré poder sobre vosotros.

El dragón se alejó volando y ellos se marcharon con su látigo, dispusieron de oro en abundancia, encargaron suntuosos trajes y viajaron por todo el mundo. En todas partes llevaron una vida magnífica, montaron a caballo, viajaron en carruajes, comieron y bebieron, pero no cometieron ninguna maldad. El tiempo pasó con rapidez, y cuando los siete años llegaban a su fin, dos de ellos sintieron una gran preocupación y mucho temor, pero el tercero se tomó las cosas con mayor tranquilidad.

—Hermanos —dijo—, no temáis, aún conservo el ingenio y resolveré el acertijo. —Salieron a campo abierto, se sentaron y el rostro de los otros dos expresaba una gran pesadumbre.

Entonces se les acercó una anciana que les preguntó por qué estaban tan tristes.

—¿Y a ti qué te importa? —contestaron—. Después de todo, tú no podrás ayudarnos.

—Quién sabe —dijo la anciana—, confiadme vuestros problemas.

Así que le contaron que habían sido siervos del Diablo durante casi siete años, que éste les había proporcionado oro en grandes cantidades, pero que se habían vendido a él y que quedarían a su disposición si al final de los siete años no lograban descifrar el acertijo.

—Si queréis salvaros —dijo la anciana—, uno de vosotros debe entrar en el bosque y allí encontrará una roca que parece un casita. Debe entrar en ella y entonces obtendrá ayuda.

Los dos tristones pensaron «Eso no nos salvará» y permanecieron donde estaban, pero el tercero, el alegre, se puso de pie y se adentró en el bosque hasta encontrar la casa de piedra. En su interior estaba sentada una mujer muy anciana que era la abuela del Diablo; le preguntó al soldado de dónde venía y qué quería.

El soldado le contó todo lo ocurrido, y su relato complació a la anciana, que se apiadó de él y dijo que le ayudaría. Levantó una gran piedra que cubría la entrada a un sótano y le dijo:

—Ocúltate ahí; podrás escuchar todo lo que aquí se diga, pero no te muevas y no hagas ruido. Cuando venga el dragón, le haré preguntas sobre el acertijo. Me lo cuenta todo, así que presta mucha atención a sus repuestas.

A medianoche, el dragón voló hasta la casita y pidió que le prepararan la cena. Cuando la abuela puso la mesa y le sirvió de comer y de beber, el dragón se puso contento, y ambos comieron y bebieron. Durante el transcurso de la conversación, ella le preguntó cómo le había ido y cuántas almas había logrado atrapar ese día.

—No ha sido un buen día, nada me ha salido demasiado bien —contestó el dragón—, pero tengo atrapados a tres soldados y no escaparán.

—¡Vaya, tres soldados! Si son listos, aún pueden escapar.

—¡Son míos! —dijo el Diablo en tono burlón—. ¡Les plantearé un acertijo que jamás lograrán resolver!

—¿Qué acertijo es ése? —preguntó su abuela.

—Te lo diré: en el ancho Mar del Norte hay un cazón muerto que será tu carne asada, y la costilla de una ballena que será tu cuchara de plata, y el casco hueco de un viejo caballo que será tu copa.

Cuando el Diablo se acostó, la anciana abuela levantó la piedra y dejó salir al soldado.

—¿Prestaste atención a todo lo que dijo? —preguntó.

—Sí —dijo él—, sé lo suficiente y me salvaré.

Salió de la casita por otro sitio, a través de la ventana, y regresó silenciosa y rápidamente junto a sus compañeros. Les contó que la abuela había engañado al Diablo y que había descubierto la respuesta al acertijo. Entonces todos sintieron una gran alegría, hicieron restallar el látigo y reunieron tanto oro que las monedas se desparramaron por el suelo.

Una vez transcurridos los siete años, el Diablo apareció con el libro, les mostró sus firmas y dijo:

—Os llevaré conmigo al infierno. ¡Allí comeréis! Si adivináis qué clase de carne asada os servirán, estaréis libres de lo acordado, y también podréis conservar el látigo.

Entonces el primer soldado dijo:

—En el ancho Mar del Norte hay un cazón muerto, sin duda ésa es la carne asada.

El Diablo se enfadó y empezó a mascullar, y le preguntó al segundo:

—Pero ¿cuál será tu cuchara?

—La costilla de una ballena, ésa será nuestra cuchara de plata.

El Diablo torció el gesto y soltó un gruñido, y le dijo al tercero:

—¿Y también sabes qué te servirá de copa?

—El casco de un viejo caballo será nuestra copa.

Entonces el Diablo levantó vuelo lanzando un grito espantoso, y ya no tuvo poder sobre ellos, pero los tres conservaron el látigo, lo hicieron restallar, obtuvieron cuanto dinero deseaban y vivieron felices hasta el fin de sus vidas.

Sigurd y Fáfnir

versión de Andrew Lang

É RASE UNA VEZ un rey que vivía en el norte y que había ganado
muchas guerras, pero ya era viejo. Sin embargo, tomó nuevamente
esposa y entonces otro príncipe, que hubiera querido casarse con ella, lo
atacó al frente de un gran ejército. El viejo rey luchó con arrojo, pero por
desgracia su espada se quebró, resultó herido y sus hombres huyeron.
Durante la noche, una vez acabada la batalla, su joven esposa salió a bus-
carlo entre los muertos y por fin lo encontró y le preguntó si podría curar-
se. Pero el rey dijo que no, que su suerte se había acabado, su espada estaba rota y tenía que morir. Y le dijo que tendría un hijo y que ese hijo se
convertiría en un gran guerrero para vengar su muerte atacando al otro
rey, su enemigo. Y le rogó que guardara los trozos de la espada, que servi-
rían para forjar una nueva para su hijo, y que esa espada se llamaría Gram.

Entonces murió. Y su esposa llamó a su doncella y dijo:

—Intercambiaremos nuestras ropas, tú llevarás mi nombre y yo el tuyo, no sea que el enemigo nos encuentre.

Así lo hicieron y se ocultaron en un bosque, pero unos extraños las descubrieron y las metieron en un barco hacia Dinamarca. Y cuando las presentaron al rey, éste consideró que la doncella parecía una reina y la reina, una doncella. Así que le preguntó a la que estaba vestida de reina:

—¿Cómo sabes en medio de la noche oscura que se acerca el amanecer?

—Lo sé porque cuando era más joven solía tener que levantarme a encender el fuego, y aún me despierto a la misma hora —le respondió.

«Es extraño que una reina encienda el fuego», pensó el rey.

Entonces le preguntó a la reina, que estaba vestida como una doncella:

—¿Cómo sabes en medio de la noche oscura que se acerca el amanecer?

—Mi padre me dio un anillo de oro —dijo ella—, y antes del amanecer siempre se enfría.

—¡Vaya una casa rica, donde las doncellas llevaban anillos de oro! —dijo el rey—. En realidad no eres una doncella, eres la hija de un rey.

Así que le dio un trato espléndido y con el tiempo tuvo un hijo llamado Sigurd, un muchacho apuesto y muy fuerte. Tenía un tutor que lo acompañaba y en cierta ocasión, el tutor le dijo que fuera a ver al rey y le pidiera un caballo.

—Elígelo tú mismo —dijo el rey, y Sigurd fue al bosque y allí encontró a un anciano de barba blanca.

—¡Ven! —le dijo—. Ayúdame a elegir un caballo.

—Echa todos los caballos al río y elige el que nade hasta la otra orilla —dijo el anciano.

Así que Sigurd los echó al río y sólo uno nadó hasta la otra orilla. Sigurd lo eligió: su nombre era Grani, de la estirpe de Sleipnir, y era el mejor caballo del mundo. Porque Sleipnir era el caballo de Odín, el Dios del Norte, y era veloz como el viento.

Pero un par de días después, el tutor le dijo a Sigurd:

—Cerca de aquí hay un gran tesoro oculto y sería apropiado que te hicieras con él.

Pero Sigurd contestó:

—He oído hablar de ese tesoro, y sé que Fáfnir, el dragón, lo vigila, y es tan grande y tan malvado que nadie osa acercarse a él.

—Su tamaño no es mayor que el de otros dragones —dijo el tutor—, y si fueras tan valiente como tu padre, no le temerías.

—No soy un cobarde —dijo Sigurd—. ¿Por qué quieres que luche con ese dragón?

Entonces el tutor, cuyo nombre era Regin, le dijo que ese gran tesoro de oro rojo antaño pertenecía a su propio padre. Y que su padre había tenido tres hijos: el primero era Fáfnir, el dragón; el segundo era Otter, que podía adoptar el aspecto de una nutria, y el tercero era él mismo, Regin, y dijo que era un gran herrero y forjador de espadas.

En esos tiempos había un enano llamado Andvari que vivía en un estanque sobre el que caía una cascada, y allí había escondido mucho oro. Un día Otter estaba pescando en el estanque y pescó un salmón y lo comió, y se durmió encima de una piedra tras adoptar el aspecto de una nutria. Entonces alguien pasó por allí, le arrojó una piedra a la nutria, la mató, le arrancó la piel y se la llevó al padre de Otter. Entonces éste supo que su hijo estaba muerto, y para castigar al que lo mató dijo que debía llenar la piel de la nutria de oro y recubrirla de oro rojo, si no quería que todo empeorara. Entonces el que mató a Otter atrapó al enano a quien le pertenecía todo el tesoro y se lo quitó.

Lo único que quedó fue un anillo que llevaba el enano, pero incluso eso le quitó.

El pobre enano estaba muy enfadado y rezó para que aquel oro sólo trajera mala suerte a todos los que se apropiaran de él, eternamente.

Después la piel de nutria fue rellenada de oro y recubierta de oro rojo, excepto un pelo, y ése fue recubierto con el último anillo del pobre enano. Pero no le trajo suerte a nadie. Primero Fáfnir, el dragón, mató a su padre y después se revolcó en el oro, y no le dio nada a su hermano, y nadie se atrevía a acercarse al oro.

Cuando Regin le contó la historia a Sigurd, éste dijo:

—Fórjame una buena espada para que pueda matar al dragón.

Regin forjó una espada, y Sigurd la probó golpeando un trozo de hierro, y la espada se rompió.

Después forjó otra espada, y Sigurd también la rompió.

Entonces Sigurd fue a ver a su madre y le pidió los trozos de la espada de su padre y se los dio a Regin. Éste forjó una nueva espada, tan afilada que sus bordes parecían arder.

Sigurd la probó golpeando el trozo de hierro y la espada no se rompió, sino que partió el hierro en dos. Después arrojó un rizo de lana al río y cuando la corriente lo trajo hasta la espada, ésta lo cortó en dos. Entonces Sigurd dijo que era una buena espada. Pero antes de enfrentarse al dragón, encabezó un ejército para luchar contra los hombres que mataron a su padre, y mató a su rey, se apoderó de su fortuna y regresó a su hogar.

Tras unos días en casa, una mañana salió a cabalgar con Regin hasta el prado donde el dragón solía yacer. Entonces vio las huellas dejadas por el dragón al ir a beber a unas rocas, y las huellas habían formado una gran hendidura, como un profundo valle.

Sigurd descendió a ese valle profundo y cavó muchos fosos, y se ocultó en uno de ellos con la espada desenvainada. Allí aguardó, y poco después la tierra empezó a temblar bajo el peso del dragón que avanzaba arrastrándose hasta el agua. Lo precedía una nube ponzoñosa, expulsada por sus bufidos y rugidos, y enfrentarse a él hubiera supuesto la muerte.

Pero Sigurd esperó hasta que hubiese atravesado la mitad del foso y después le clavó la espada en el corazón.

El dragón agitó la cola, rompiendo piedras y derribando árboles.

Al morir, dijo:

—Quienquiera que seas, tú que me has matado, este oro será tu ruina y la de quienes se apoderen de él.

—No tocaría el oro si perderlo supusiera no morir jamás. Pero todos los hombres mueren y ningún valiente deja que el miedo a la muerte lo aparte de su deseo —dijo Sigurd—. Muere, Fáfnir.

Y entonces Fáfnir murió.

Después de estos acontecimientos, Sigurd fue llamado Ruina de Fáfnir y Matador de Dragones.

La historia de Wang Li

Elizabeth Coatsworth

H ACE MUCHOS AÑOS, en China, un joven llamado Wang Li vivía con su anciana madre en una pequeña granja a la sombra de la colina de las Siete Estrellas. De niño estudió signos y encantamientos con un célebre sabio que vivía solo en la Cueva del Viento, situada a mitad de camino hacia la cima de la montaña. Pero tras varios años de estudios, una mañana declaró que ya no volvería a remontar el tortuoso sendero.

Su madre se desesperó.

—¡He trabajado muy duro en los campos, y sin tu ayuda! —exclamó—. ¡Vaya, dentro de algunos años podrías haber convocado a las grullas del cielo para que nos llevaran a cualquier lugar, o convertido los pétalos de las flores en dinero para comprar lo que quisiéramos! ¡Eres un ingrato! ¡Vuelve a tus estudios!

Pero Wang Li sólo negó con la cabeza.

—He aprendido todo lo necesario —contestó—. «Un corazón grande es mejor que una gran casa.»

Al oír el refrán, la madre de Wang Li se enfadó mucho; agarró la escoba y golpeó a Wang Li en los hombros hasta que se cansó. Él, que casi siempre se comportaba como un buen hijo, aguardó hasta que dejó de pegarle y después le trajo un vaso de agua fresca del pozo.

A partir de entonces, Wang Li ayudó a su madre en los campos, pero a menudo se escabullía para recorrer los bosques situados al pie de la colina de las Siete Estrellas con su arco y sus flechas, donde vagaba bajo las sombras verdosas y a veces regresaba con una liebre para la cena, hasta convertirse en el cazador más experto de la región.

Los días transcurrieron y por fin llegó una primavera seca. Pasaron semanas y no caía ni una gota de lluvia sobre los brotes de arroz y de mijo que permanecían en los campos, pequeños y amarillentos; las hojas de las moreras se marchitaban en los árboles y no eran aptas para alimentar los gusanos de seda, y los tallos de los melones yacían en la tierra reseca, quebradizos como la paja. Todos los días los campesinos oraban en el templo del Dios de la Tierra. El incienso encendido formaba grandes volutas perfumadas bajo sus narices, los campesinos tocaban los gongs y disponían ofrendas de peces y pollos y cerdo en sus altares.

Pero la lluvia no caía.

Un día, temprano por la mañana, Wang Li vagaba por el bosque cuando de pronto vio algo que parecía una bandada de grandes cisnes volando por encima de su cabeza; después se posaron lentamente en las transparentes aguas del lago Espejo del Cielo. Se arrastró silenciosamente a través de la maleza y por fin llegó hasta un matorral situado justo en la orilla y, tras apartar las hojas con mucho cuidado, vio algo maravilloso. Las criaturas que había visto no eran cisnes, sino doncellas aladas que jugaban en la superficie del lago. Chapoteaban en el agua hasta que las gotas brillaron como cuentas de cristal en sus elaborados tocados, agitaban sus blancas alas con un sonido musical y daban palmas con sus manos delicadas, jugando a perseguirse.

Durante sus juegos, la más hermosa de las doncellas pasó junto al matorral donde Wang Li se ocultaba. Con la velocidad de un halcón, éste atrapó una de sus alas blancas como la nieve con su mano robusta y, mientras las otras doncellas levantaban el vuelo lanzando gritos, arrastró a su encantadora cautiva hasta la orilla.

La doncella lloró durante un rato, pero finalmente le miró, se tranquilizó y dejó de sollozar. Sin soltar el borde del ala, Wang Li la interrogó.

—¿Cómo te llamas, hermosa? —preguntó.

—Me llaman la Damisela del Cielo y soy la hija menor del Dragón de las Nubes —respondió con timidez—. Eres el primer ser humano que veo. Si me acompañas, te conduciré hasta los dieciséis palacios de mi padre, edificados sobre las nubes. Uno es de jade blanco y plata, y las mariposas vigilan las puertas; otro es de mármol con incrustaciones de cuarzo rosa, y sus jardines son célebres por sus peonías; otro tiene paredes de oro y a éste se asoma una elevada pagoda sobre la cual está posada el ave del sol para cantarle a la madrugada; y el último palacio es de ébano y alberga pabellones de laca escarlata, y la puerta de la izquierda está vigilada por el Rayo y la de la derecha por el Trueno. Si vienes conmigo, serás mi esposo y vivirás en el palacio que te plazca, montarás en corceles de vapor y recogerás las estrellas al pasar.

—Soy un hombre pobre —dijo Wang Li—, y el hijo de un hombre pobre. ¿Cómo podría vivir en un palacio? Pero si te dejo en libertad, Damisela del Cielo, ¿me jurarás que a cambio le pedirás a tu augusto padre que envíe la lluvia necesaria a esta desafortunada campiña, para que prosperen los cultivos y sus habitantes no mueran? Además, ¿podría prestarle una atención especial a la pequeña granja de mi madre, que está al pie de la colina de las Siete Estrellas? Ella trabaja duro y le agrada que florezca su jardín.

—Se hará como tú has dicho —contestó la Damisela del Cielo, y levantó el vuelo sin dejar de mirar hacia atrás y derramar lágrimas.

Pero Wang Li regresó a su hogar y cuando se aproximó a la casa de su madre empezó a llover, una lluvia suave y cálida, y las zanjas se llenaron del borboteo del agua.

—¡Albricias! —exclamó su madre cuando Wang Li entró a la casa—, ¡la sequía ha acabado! ¡Y justo a tiempo! Ahora los cultivos se salvarán. Me pregunto cómo habrá podido ocurrir.

—Oh, lo sé perfectamente —dijo Wang Li, y le contó lo ocurrido junto a la solitaria orilla del lago Espejo del Cielo.

Su madre montó inmediatamente en cólera.

—¡Sólo pediste lluvia! —chilló—. ¡Podríamos haber vivido en palacios, vestir seda hilada con rayos de luna y comer el fruto de los inmortales! ¡Has incumplido tus deberes como hijo!

Y empezó a golpearlo con la escoba. Pero cuando por fin se detuvo, agotada, Wang Li se limitó a comentar:

—Un gallinero no deja de ser un gallinero, aun cuando esté cubierto por un paño de oro. —Luego, retiró un cazo de sopa del fuego que estaba a punto de derramarse.

Da la casualidad que al año siguiente el río Caballo Errante se desbordó, inundando las orillas, estropeando los campos y arrastrando los caballos. Las aguas llegaron casi hasta la puerta de la cabaña en la que vivían Wang Li y su madre, amenazando sus moreras. Ella se desesperó y lloró amargamente, pero Wang Li agarró el arco y las flechas colgados de la pared.

—¿Piensas ir de caza en un momento como éste? —chilló su madre—. ¡He parido un hijo sin corazón!

Pero él sólo dijo:

—Si sabes cómo hacer algo, no es difícil; si es difícil, es que no sabes hacerlo. —Ella se quedó boquiabierta, porque no comprendió sus palabras.

«Ojalá ese chico dejara de citar refranes —masculló para sus adentros—. Es un chico muy listo, pero ¿de qué nos sirve?»

Mientras tanto, Wang Li recorría la orilla del río. Y vio que la inundación avanzaba, formando una gran ola blanca. Y como tenía muy buena vista, divisó a un joven y una doncella en medio de la ola. Llevaban ropas de seda blanca y montaban en caballos con frenos de plata, seguidos por un séquito montado en caballos blancos.

Entonces Wang Li tomó su arco, tensó la cuerda y disparó una flecha directamente al corazón del joven, que cayó muerto del caballo. En ese momento los demás hicieron volver los caballos sobre sus pasos y se alejaron a toda velocidad, y la inundación se alejó con ellos.

Pero mientras cabalgaban, Wang Li disparó otra flecha que se clavó en el alto tocado de la noble dama, brillando como un adorno alargado. Ésta, tras avanzar un trecho, refrenó el caballo y cabalgó lentamente hasta Wang Li.

—Aquí está tu flecha —dijo—. Supongo que debo agradecerte por no apuntarme al corazón, como hiciste con mi primo, el príncipe del río Caballo Errante.

—Jamás cometería semejante descortesía —murmuró Wang Li.

La dama lo contempló durante largo rato.

—Como me has perdonado la vida —dijo—, supongo que debo pertenecerte. Si me acompañas serás mi esposo y reinarás en los palacios de los Dragones del Río. Te sentarás en un trono de coral en salas de jade y cristal, las Doncellas del Río danzarán la danza de las Ondas para ti, y los Guerreros del Río danzarán la danza de la Tormenta para complacerte.

—¿Y qué ocurrirá con la campiña mientras danzan? —preguntó Wang Li—. No, no, soy un hombre pobre y el hijo de un hombre pobre. ¿Qué haría viviendo en palacios? Si quieres demostrar tu gratitud, prométeme que de aquí en adelante el río no se desbordará. Tal vez podrías tener un cuidado especial con la orilla junto a la granja de mi madre, porque es una pobre mujer y sufre cuando las aguas arrasan sus campos.

La dama alzó la mano indicando que aceptaba el trato, tiró de las riendas del caballo y se alejó. Pero antes de desaparecer para siempre, lanzó una última mirada a Wang Li, y él vio que lloraba. Un poco entristecido regresó a casa de su madre y al caminar notó que las aguas se escurrían dejando como tributo estanques llenos de peces de bocas redondas.

Su madre lo esperaba en la puerta.

—¡Mira! ¡Mira! —exclamó—, ¡las aguas se están retirando! ¡Pero tú, malvado hijo, me abandonaste aquí para que me ahogara, y no te importó!

—¡Sólo fui en busca de ayuda! —dijo Wang Li, y le contó todo lo ocurrido. Al oír la historia, la cólera estuvo a punto de asfixiarla.

—¿Qué? ¡Podríamos haber vivido en los palacios del río y comido huevos de tortuga y lenguas de carpas todos los días! —exclamó—. ¡Y al ir de visita podría haber montado en un dragón de doce metros de largo! ¡Todo eso podría haber sido mío, pero tú, hijo ingrato, lo rechazaste! —dijo, agarrando la escoba.

¡Zas!

—¡Toma esto!

¡Zas!

—¡Y esto!

¡Zas! ¡Zas! ¡Zas!

—¡Y esto! ¡Y esto! ¡Y esto!

Pero cuando por fin bajó el brazo, Wang Li la acompañó amablemente hasta su silla y le trajo su abanico.

—La paz en un choza de tejado de paja: eso es la felicidad —dijo, volviendo a citar un antiguo refrán.

—¡Vete de aquí! —respondió su madre—. Eres un hijo malvado y desagradecido, y no tienes derecho a utilizar las palabras de los hombres sabios. Además, estoy segura de que a ellos no les ofrecieron palacios.

Pasaron los meses y la lluvia cayó cuando era necesaria, el río no se desbordó y de día el sol se reflejaba en sus aguas tranquilas, y de noche lo hacía la luna. Pero después de un tiempo, los terremotos asolaron el país. La gente despertaba debido al temblor de sus camas, los platos bailaban en las mesas, los cobertizos caían al suelo y todos aguardaban horrorizados la llegada del último terremoto, el que haría caer el techo sobre sus cabezas.

—Ahora —se lamentó la anciana madre de Wang Li—, moriré de una muerte violenta. ¡Yo, que podría haber dormido sana y salva junto al Plateado Río del Cielo, o paseado por los jardines del río si no fuera por el tonto de mi hijo!

Pero Wang Li agarró su lanza y se dirigió a la entrada de la Cueva del Sol poniente, que se encuentra en la ladera occidental de las colinas de las Siete Estrellas. Después examinó el suelo a sus pies con mucho cuidado: vio un montículo, como si un gran topo hubiera pasado por debajo. Entonces, eligiendo un punto determinado, clavó la lanza profundamente en la tierra suelta.

«Quienquiera que vuelva a recorrer ese sendero sufrirá un rasguño en la espalda», se dijo, satisfecho. Cuando estaba a punto de regresar a su hogar, vio a una bella joven sentada junto a una roca. Estaba hilando, y al hacerlo lloraba.

—¿Por qué desparramas las perlas de tus ojos, joven doncella? —preguntó Wang Li con suavidad. Ella alzó la vista empañada por las lágrimas y dijo:

—¡Ay de mí!, soy Jade Precioso, la única hija del antiguo rey Dragón de las Montañas. Pero mi desagradecido tío se ha alzado contra su hermano mayor y lo ha encerrado en la prisión más recóndita de las colinas, y a mí me obliga a trabajar con mis desacostumbradas manos, a llevar esta ropa rústica, alimentarme de raíces y bayas, y a dormir bajo las estrellas.

Wang Li la miró, vestida con su ropa tosca y marrón, y vio que su belleza era como una flor surgiendo de una tosca vaina.

—Creo que he obstruido el sendero de tu tío, el que nos ha perturbado con sus paseos, y quizás ahora permanezca en sus palacios en las cuevas. Pero temo no poder hacer nada por ti, aunque os serviría con mucho gusto.

Jade Precioso lo contempló tímidamente.

—Si te dignaras a llevarme contigo y permitieras que sirviera a tu madre con mis humildes fuerzas, ya no lloraría a solas en esta desolada montaña —susurró.

—¿Y qué regalos le llevarías a mi madre si te llevara a mi hogar para que fueras mi esposa? —preguntó Wang Li.

—¡Ay! —dijo Jade Precioso, retorciéndose las manos—. No tengo regalos, sólo la voluntad de serviros a ambos. —Y rompió a llorar muy amargamente.

Entonces Wang Li rió, la alzó en brazos y la llevó a casa de su madre.

—¡Caramba! —exclamó la anciana—. ¿A quién tenemos aquí?

—Es Jade Precioso, la hija del antiguo rey Dragón de las Montañas —dijo Wang Li—, y ha venido aquí para ser tu nuera.

La anciana se puso muy nerviosa.

—Necesito una hora para prepararme antes de presentarme ante la corte. ¿Cuántos invitados acudirán al banquete, palomita mía? ¿Y de cuántas habitaciones dispondré en el palacio? ¿Y de qué color son las farolas, o acaso el reino de los Dragones de la Montaña está iluminado por las mismísimas joyas?

—¡Ay! —dijo Jade Precioso—, mi padre es un prisionero y yo sólo soy una exiliada.

—¡Bah! —exclamó la anciana—, ¡menuda nuera has traído a casa, pedazo de zoquete insensato! ¡Mira el vestido que lleva, y sus manos no sirven para hacer ninguna tarea! ¡Ve a buscarme un cubo, niña inútil! ¡Y en cuanto a ti —chilló, dirigiéndose a su hijo—, verás que mis viejos brazos aún no se han marchitado!

Entonces agarró la escoba y empezó a fustigarlo.

—Un caballo flaco tiene crines largas —comentó Wang Li en tono filosófico cuando su madre dejó de golpearlo, y salió al jardín en busca de un melocotón para reconfortarla tras tantos esfuerzos.

—Tendré que arreglarme como pueda —masculló la anciana para sus adentros, una vez que hubo comido el melocotón—. Mi hijo no me escucha. Hace lo que le viene en gana. Si la montaña no se gira, tendré que ser el camino y girar yo misma.

A partir de entonces trató a Jade Precioso con amabilidad, y ésta procuró ayudar a su suegra cuanto pudo.

Así que vivieron juntos en paz y felices, trabajaron duro, no se endeudaron y fueron bondadosos con todo el mundo. Las lluvias cayeron puntuales en toda la región, el río Caballo Errante no causó problemas a nadie y la tierra ya no se vio sacudida por el cavar de los dragones. Con el tiempo, Jade Precioso dio a luz a un hermoso hijo que recibió el nombre de Pequeño Esplendor y nadie en el mundo era tan feliz como ellos cuatro.

Cierto día, poco tiempo después, cuando Wang Li y Jade Precioso estaban sentados a solas bajo el emparrado recientemente instalado por Wang Li, Jade Precioso dejó su bordado a un lado y dijo:

—Querido esposo, he recibido un mensaje de mi padre. Parece que mi indigno tío, al salir a toda prisa de su palacio, se clavó la punta de tu lanza y después de unos días, murió. Mi padre vuelve a ocupar su trono enjoyado y como es natural, siente un gran agradecimiento hacia ti.

Después hizo una pausa.

—Ahora me hablarás de los palacios bajo las montañas que podré habitar con sólo pedirlo —dijo Wang Li.

—Siempre he aborrecido los palacios. Nunca había nada que hacer —dijo Jade Precioso con una sonrisa. Después volvió a su bordado—. Mi esposo es el hombre más orgulloso del mundo —le comentó a una mariposa amarilla que todavía no había acabado de bordar.

—¿Orgulloso? —preguntó Wang Li—, y sin embargo aquí estoy, cuando podría ser un príncipe.

—Eres demasiado orgulloso para serlo —respondió ella—, y por eso te quiero. Siempre quise casarme con el hombre más orgulloso del mundo.

—Tal vez sea orgullo, o tal vez sea sabiduría —dijo Wang Li—, pero el alma alberga palacios y terrazas que no cambiaría por todas las riquezas de los dragones.

Y Jade Precioso comprendió. Con el tiempo, la sabiduría y la paciencia hicieron que Wang Li se volviera tan famoso que los sabios acudían desde las provincias más remotas para charlar con él mientras caminaba detrás del arado. Pero a veces, cuando estaba ocupado y su anciana madre necesitaba un nuevo vestido de seda o el bebé quería dulces, Jade Precioso sacudía suavemente las hojas del árbol junto a la puerta y entonces caía una ligera lluvia de monedas de plata. Y Wang Li nunca veía lo que Jade Precioso recogía bajo la morera.

San Jorge
y el dragón

versión de William H. G. Kingston

EL ERMITAÑO DIO LA BIENVENIDA a san Jorge y De Fistycuff. Era un anciano venerable de larga barba plateada, y cuando se aproximó con paso incierto, el peso de los años le encorvaba la espalda.

—Con mucho gusto os ofreceré comida y el albergue que pueda proporcionaros mi celda, gallardo caballero —dijo, y dicho y hecho, dispuso una serie de provisiones en la mesa.

»No he de preguntaros de qué país sois, porque veo que lleváis las armas de Inglaterra grabadas en vuestro casco. Sé que los caballeros de esa tierra son valientes y gallardos, y dispuestos a presentar batalla en ayuda de los desamparados. Aquí encontraréis una oportunidad para luciros, a través de una acción que os proporcionará renombre en todo el mundo.

Ante estas palabras, san Jorge aguzó el oído y preguntó impacientemente de qué se trataba.

—Debéis saber, noble caballero, que éste es el renombrado territorio de Bagabornabu, considerado el más importante del mundo según la opinión de sus habitantes. Ninguno era tan próspero y floreciente hasta que una terrible desgracia asoló el país, causando devastación y desconcierto en todas partes. Ningún rincón del país se encuentra a salvo de sus ataques; nadie puede albergar la esperanza de escapar a las consecuencias de su aparición. Todos los días, sus fauces insaciables han de alimentarse del cuerpo de una joven doncella, y tan pernicioso es su aliento que provoca una peste de carácter tan violento como para despoblar regiones enteras. Todas las madrugadas inicia su destructora trayectoria y hasta que su víctima no está dispuesta sigue asolando el país. Una vez devorada su lamentable comida, duerme hasta la mañana siguiente, y después actúa igual que antes.

»Se ha intentado repetidas veces capturarlo durante la noche, pero invariablemente destroza a los valientes que salen a atacarlo, devorándolos para la cena. Hace ya veinticuatro años que nuestro amado país sufre esta espantosa desgracia; ya casi no quedan doncellas con vida, ni hombres valientes. Mañana la única hija del rey, la encantadora Sabra (la más bella y perfecta de su sexo) se convertirá en la ofrenda para el maligno dragón, a menos que aparezca un caballero lo bastante gallardo y valiente para arriesgar su vida en combate mortal con el monstruo, y con la suficiente destreza y fuerza para derrotarlo.

»El rey ha dado su palabra real de que si apareciera semejante caballero y saliese victorioso, le ofrecerá la mano de su hija en matrimonio y la corona de Bagabornabu tras su muerte.

—¡Ah! —exclamó el caballero inglés, radiante de satisfacción—, he aquí una acción ciertamente merecedora de mi destreza! Tengo toda la intención de matar al dragón y rescatar a la princesa.

Entonces el audaz caballero y su fiel escudero entraron en el valle donde el terrorífico dragón verde tenía su morada. En cuanto la mirada ardiente del horroroso monstruo descubrió al guerrero y su armadura de acero en vez de la bella doncella que esperaba ver, soltó un alarido de ira más sonoro y más tremendo que el trueno, se incorporó y se preparó para la contienda. Cuando se alzó sobre las patas traseras —las alas extendidas, la larga y escamada cola rematada por una gran horquilla roja, las afiladas garras abiertas, cada una del tamaño del ancla de un gran navío, las fauces armadas de dos hileras de grandes dientes entre los que asomaba una lengua roja, los ojos inmensos reluciendo como brasas y las narices echando fuego, la parte superior del cuerpo cubierta de brillantes escamas verdes más refulgentes que la plata pulida y más duras que el bronce y el vientre de un profundo color dorado— su aspecto bien podría haber disuadido al más valiente de los hombres de pasar al ataque.

San Jorge no tembló, sino que pensó en la bella Sabra y se armó de valor para el encuentro. El aspecto del dragón amilanaba a De Fistycuff, y si hubiera estado a solas habría sentido la tentación de batirse en retirada, pero el amor por su amo hizo que permaneciera a su lado.

—¡Ved —dijo el ermitaño, que los había acompañado—, he ahí el dragón! Es un monstruo enorme y horroroso, pero al igual que otros monstruos, creo que puede ser vencido con valentía y destreza. Verás que en el valle abundan los árboles frutales. Si te hiriera y te desmayaras, encontrarás uno en el que crecen naranjas de características tan beneficiosas que si logras arrancar una, te reanimará de inmediato. ¡Y ahora, adiós! ¡El monstruo se aproxima!

El dragón avanzó, agitando las alas, echando fuego por las narices y rugiendo sonoramente. San Jorge, lanza en ristre, espoleó al caballo y se lanzó al ataque. El choque fue tan tremendo que el caballero estuvo a punto de caer de la silla, mientras que el caballo quedó tendido, casi aplastado por el peso sobrehumano de la bestia. Pero tanto el corcel

como el hombre lograron zafarse con gran agilidad; con todas sus fuerzas, san Jorge volvió a tirar otra estocada con su lanza contra el escamado pecho del dragón. Era como golpear una puerta de bronce.

En un instante, la sólida lanza se rompió en mil fragmentos y el dragón lanzó un rugido desdeñoso. Al mismo tiempo, y para demostrar lo que era capaz de hacer, azotó a san Jorge y al corcel con su cola puntiaguda y ponzoñosa, y ambos rodaron por el suelo.

Allí permanecieron tendidos, casi desmayados por el golpe, mientras que el dragón retrocedió unos cientos de pasos o más, con la intención de regresar con más fuerza que antes y completar la victoria que casi había alcanzado. Por suerte De Fistycuff adivinó sus intenciones y, al ver uno de los naranjos mencionados por el ermitaño, arrancó una naranja y se apresuró a llevársela a su amo.

En cuanto el caballero la saboreó sintió que recuperaba las fuerzas y, poniéndose en pie de un brinco, le dio el resto a su fiel corcel y, montando inmediatamente, aguardó la furiosa embestida del dragón desenvainando a Ascalon, su célebre espada.

Aunque su lanza le había fallado, su fiel acero no lo defraudó y, haciendo avanzar su caballo, lo clavó en el pecho dorado del monstruo. La punta penetró entre las escamas provocándole una herida que lo hizo aullar de rabia y dolor.

Sin embargo, el caballero sólo obtuvo una ligera ventaja, porque de la herida brotó un chorro tan copioso de sangre negra y de un olor tan nauseabundo que lo hizo retroceder y casi lo asfixia, a él y a su valiente corcel, mientras que el vaho ponzoñoso penetraba en sus narices, dejándolos inermes y desmayados en el suelo.

De Fistycuff, atendiendo a las órdenes de su amo, vigiló de cerca al dragón para descubrir qué haría. El dragón restañó su herida con un toque de su cola ardiente, desplegó las alas verdes, soltó un rugido ronco y agitó su enorme cuerpo, preparándose para volver a atacar al caballero.

—¡Espera y verás! —exclamó el escudero, y corrió hasta el naranjo para arrancar dos de los dorados frutos y derramó el zumo de uno en la garganta de su amo y el del otro en la de Bayard, el corcel. Ambos se reanimaron al instante y, dando un brinco, san Jorge montó a lomos de Bayard, sintiéndose tan dispuesto a la lucha como siempre. Ambos habían comprendido la importancia de evitar la cola del dragón y cuando éste la lanzó a un lado, Bayard brincó hacia el otro y así siguió, hacia delante y hacia atrás, evitando ágilmente los golpes destinados a él y a su jinete.

Una y otra vez el dragón se erguía, dejándose caer para aplastar a su gallardo atacante, pero Bayard, con maravillosa sagacidad y comprendiendo perfectamente qué había de hacer, brincaba hacia atrás o a un lado cada vez que el monstruo se dejaba caer, y así evitó la catástrofe que los amenazaba. Pero el dragón parecía capaz de soportar el combate. San Jorge comprendió que tendría que hacer un tremendo esfuerzo y, aferrando a Ascalon una vez más, espoleó a Bayard y se lanzó sobre el monstruo que volvía a avanzar con las alas desplegadas, dispuesto a acabar con él. Esta vez san Jorge mantuvo las espuelas clavadas en los ijares del caballo.

—El resultado de este cambio tendrá que ser la muerte o la victoria —le gritó a De Fistycuff.

Con la brillante punta de Ascalon en ristre, apuntó directamente al pecho del monstruo. La espada lo golpeó debajo de un ala, le atravesó las duras carnes y no se detuvo hasta clavarse en su corazón. Lanzando un espantoso quejido, que resonó a través de los bosques y las montañas vecinas e incluso hizo temblar a las fieras salvajes, el airado dragón verde cayó de lado. San Jorge arrancó la espada de la herida, corrió por encima del cuerpo caído del dragón y, antes de que pudiera ponerse en pie para vengarse, le asestó numerosos golpes y le cortó la cabeza. El chorro que manó de la herida fue tan abundante que el valle rápidamente se convirtió en un lago de sangre. Gracias a su color, el río que se derramó del lago fue el primero en presagiar a los habitantes de los territorios vecinos que el noble héroe de Inglaterra había acabado con la vida del enemigo que durante tanto tiempo los había atormentado.

Stan Bolovan

versión de Andrew Lang

HACE MUCHO TIEMPO ocurrió lo que ocurrió, y si no hubiera ocurrido, esta historia jamás habría sido narrada. En las afueras de una aldea, allí donde pastaban los bueyes y los cerdos hozaban entre las raíces de los árboles, había una pequeña casa habitada por un hombre que tenía una esposa, y la esposa siempre estaba triste.

—Querida esposa, ¿qué te ocurre, por qué llevas la cabeza gacha como un mustio pimpollo de rosa? —le preguntó su marido una mañana—. Tienes todo lo que quieres, ¿por qué no eres alegre, como las demás mujeres?

—Déjame en paz, y no intentes averiguar el motivo —respondió ella, rompiendo a llorar, y el hombre consideró que no era el momento de interrogarla y se fue a trabajar.

Sin embargo, no pudo olvidar el asunto y unos días después volvió a preguntarle por qué estaba triste, pero sólo obtuvo la misma respuesta. Por fin no pudo soportarlo más y lo intentó por tercera vez. Entonces su mujer le contestó.

—¡Válgame Dios! —exclamó—, ¿por qué no dejas las cosas como están? Si te lo dijera, te entristecerías tanto como yo. Ojalá comprendieras que es mucho mejor que no sepas nada.

Pero aún no ha nacido el hombre que se conforme con semejante respuesta. Cuanto más le ruegas que no pregunte, tanto mayor será su curiosidad por averiguarlo todo.

—Pues te lo diré, ya que insistes —dijo su mujer—. No somos afortunados, ¡en absoluto!

—¿Acaso no tienes la mejor vaca lechera del pueblo? ¿No están llenos de frutas tus árboles y tus panales llenos de abejas? ¿Alguien posee campos de maíz como los nuestros? ¡Estás diciendo auténticas tonterías!

—Sí, todo eso es cierto, pero no tenemos hijos.

Entonces Stan comprendió, y una vez que un hombre ha comprendido y le han abierto los ojos, todo cambia. A partir de ese día, además de una mujer desdichada, la pequeña casa en las afueras también albergó a un hombre desdichado. Y al ver la infelicidad de su marido, la mujer se sintió más desgraciada que nunca.

Y así siguieron las cosas durante un tiempo.

Después de algunas semanas, Stan decidió consultar a un hombre sabio que vivía a un día de viaje de su casa. Cuando llegó, lo encontró sentado delante de la puerta y Stan cayó de rodillas ante él.

—¡Dadme hijos, señor, dadme hijos! —rogó.

—Ten cuidado con lo que pides —contestó el sabio—. ¿Acaso los hijos no supondrán una carga para ti? ¿Eres lo bastante rico para alimentarlos y vestirlos?

—¡Dádmelos, señor, y me las arreglaré de alguna manera!

Entonces el sabio le indicó que se marchara.

Esa noche llegó a casa, cansado y cubierto de polvo, pero con una esperanza en el corazón. Cuando se aproximó oyó un vocerío y vio que había niños por todas partes. Niños en el jardín, en el patio, niños asomados a todas las ventanas... Al hombre le pareció que todos los niños del mundo se habían reunido allí. Y ninguno era mayor que otro, pero todos eran más pequeños que el otro, y cada uno era más alborotador, insolente y osado que los demás, y al verlos Stan se quedó de piedra porque comprendió que todos le pertenecían.

—¡Válgame Dios! ¡Son muchísimos! —murmuró para sus adentros.

—Pero no sobra ninguno —dijo su mujer con una sonrisa y se aproximó con un enjambre de niños aferrados a sus faldas.

Pero incluso ella descubrió que no resultaba fácil cuidar de cien niños y después de algunos días, cuando habían devorado toda la comida que había en la casa, empezaron a chillar.

—¡Padre, tengo hambre, tengo hambre! —Hasta que Stan se rascó la cabeza, preguntándose qué haría ahora. No es que considerara que había demasiados niños, porque su vida le parecía más alegre desde su llegada, pero ya no sabía cómo alimentarlos. La vaca había dejado de dar leche y la fruta de los árboles aún estaba verde.

—¿Sabes qué, mi anciana mujer? —le dijo un día a su esposa—, debo ir en busca de comida en alguna parte, pero no sé adónde.

Para el hambriento cualquier camino es largo, y Stan no dejaba de pensar que además de alimentarse a sí mismo tenía que alimentar a cien niños voraces.

Stan caminó y caminó y caminó hasta que llegó al fin del mundo, donde se combinaba lo que es y lo que no es, y allí, a poca distancia, vio un redil con siete ovejas. El resto del rebaño estaba tendido a la sombra de unos árboles.

Stan se acercó sigilosamente, con la esperanza de llevarse algunas ovejas a casa para alimentar a su familia, pero pronto descubrió que era imposible: a medianoche oyó un batir de alas y apareció un dragón, que separó un carnero, una oveja y un cordero de la manada, y tres vacas tendidas cerca. Y además ordeñó a setenta y dos ovejas para llevarle la leche a su anciana madre, para que se bañara en ella y recuperara la juventud. Y esto ocurría todas las noches.

El pastor se lamentaba en vano, mientras que el dragón sólo reía. Stan comprendió que ése no era el lugar para obtener comida para su familia.

Pero aunque sabía que era prácticamente inútil luchar contra un monstruo tan poderoso, el recuerdo de los niños hambrientos agarrados a sus ropas no lo abandonaba, así que por fin se dirigió al pastor.

—¿Qué me das si te libro del dragón?

—Uno de cada tres carneros, una de cada tres ovejas y uno de cada tres corderos —respondió el pastor.

—De acuerdo —contestó Stan.

Eso dijo, aunque de momento ignoraba cómo, en caso de que saliera victorioso, se las compondría para llevar un rebaño tan grande hasta su casa.

Sin embargo, ése era un asunto que podría resolverse más adelante. La noche estaba a punto de caer y tenía que pensar cómo enfrentarse al dragón.

Justo a medianoche, Stan se sintió invadido por una sensación nueva y extraña, un sentimiento imposible de expresar, incluso para sí mismo. Tan intensamente lo sentía que casi lo obligó a abandonar la batalla y regresar a casa por el camino más corto. Ya se había vuelto para emprender el regreso cuando recordó a los niños y se detuvo.

«O tú, o yo», se dijo Stan, y se ubicó al borde del rebaño.

—¡Detente! —gritó cuando oyó el batir de alas y el dragón pasó volando junto a él.

—¡Vaya! —exclamó el dragón, volviendo la cabeza—. ¿Quién eres y de dónde vienes?

—Soy Stan Bolovan, el que come rocas durante toda la noche y de día se alimenta de las flores de las montañas; si te metes con esas ovejas, te haré un corte en forma de cruz en el lomo.

Al oír estas palabras, el dragón permaneció inmóvil en medio del camino, porque sabía que se había encontrado con la horma de su zapato.

—Pero primero deberás luchar conmigo —dijo con voz temblorosa, porque cuando alguien se enfrentaba a él de verdad, no era nada valiente.

—¿Luchar contigo? —dijo Stan—. Pero si podría acabar contigo en un abrir y cerrar de ojos... —Entonces se agachó, agarró un queso grande tendido a sus pies y añadió—: Ve al río y busca una piedra igual a ésta, para no perder el tiempo y ver quién es el mejor.

El dragón obedeció y regresó con una piedra que extrajo de un arroyo.

—¿Puedes extraer suero de leche de tu piedra? —preguntó Stan.

El dragón estrujó la piedra con una mano hasta convertirla en polvo, pero no fluyó ni una gota de suero.

—¡Claro que no puedo! —dijo, medio enfadado.

—Tú no podrás, pero yo, sí —dijo Stan, y estrujó el queso hasta que el suero de leche le mojó los dedos.

Al verlo, el dragón consideró que lo mejor era regresar a su casa, pero Stan le cerró el paso.

—Aún tenemos que arreglar cuentas —dijo—, sobre lo que has estado haciendo aquí.

El pobre dragón estaba demasiado asustado para mover un múscu-lo; temía que Stan lo matara y lo enterrara entre las flores de los prados de las montañas.

—Escúchame —dijo por fin—, veo que eres una persona muy práctica y a mi madre le hace falta un individuo como tú. Te propongo que te pongas a su servicio durante tres días, cada uno de los cuales es tan largo como uno de tus años, y por cada día te pagará siete sacos llenos de ducados.

¡Tres veces siete sacos llenos de ducados! El ofrecimiento era muy tentador y Stan no pudo resistirse. Asintió en silencio y ambos emprendieron el camino.

Era muy lejos, pero cuando llegaron al final del camino se encontraron con la madre del dragón, que era tan vieja como el mismísimo tiempo, y que los estaba esperando. Stan vio sus ojos brillando como lámparas a lo lejos, y cuando entraron en la casa vieron un gran hervidor sobre el fuego, lleno de leche. Cuando su anciana madre vio que el dragón había vuelto con las manos vacías, se enfadó muchísimo y echó fuego y llamas por las narices, pero antes de que pudiera decir una sola palabra, el dragón se dirigió a Stan.

—Espérame aquí —dijo—, intentaré explicarle las cosas a mi madre.

Stan ya estaba muy arrepentido de haber acudido a semejante lugar, pero ya que había llegado hasta allí, no le quedó más remedio que tomárselo con calma y no demostrar ningún temor.

—Oye, madre —dijo el dragón en cuanto estuvieron a solas—, he traído a este hombre con el fin de deshacerme de él. Es un individuo increíble que devora rocas y puede extraer suero de leche de una piedra.

En un momento le relató todo lo ocurrido la noche anterior.

—¡Déjamelo a mí! —dijo la anciana—. Todavía no se me ha escapado ningún hombre.

Así que Stan tuvo que quedarse y servir a la anciana.

Al día siguiente le dijo que él y su hijo debían demostrar quién era el más fuerte y agarró una gran porra remachada de hierro.

El dragón la alzó como si fuera una pluma y después de hacerla girar por encima de su cabeza la arrojó a seis kilómetros de distancia, desafiando a Stan a igualarlo.

Fueron hasta donde había caído la porra. Stan se agachó y la palpó; entonces lo invadió el temor, porque sabía que ni con la ayuda de todos sus hijos lograría levantarla del suelo.

—¿Qué haces? —preguntó el dragón.

—Pensaba cuán bonita es esta porra y que es una pena que sea la causa de tu muerte.

—¿De qué hablas? —preguntó el dragón.

—Que me temo que si la arrojo nunca volverás a ver otro amanecer. ¡No tienes idea de lo fuerte que soy!

—Déjate de pamplinas y arrójala.

—Si lo dices en serio, te propongo que nos demos un banquete durante tres días: al menos así disfrutarás de la vida tres días más.

Stan habló en un tono tan tranquilo que el dragón empezó a sentir cierto temor, aunque en realidad no creía que las cosas fueran a ponerse tan feas como afirmaba Stan.

Regresaron a la casa, empacaron toda la comida que encontraron en la despensa de la anciana madre y la llevaron hasta el lugar donde la porra estaba tirada en el suelo. Stan se sentó encima del saco con las provisiones y se quedó observando la puesta de la luna.

—¿Qué estás haciendo? —preguntó el dragón.

—Esperando que la luna se aparte.

—¿Qué quieres decir? No te comprendo.

—¿No ves que la luna queda justo en medio? Pero claro, si lo prefieres, arrojaré la porra contra la luna.

Al oír esas palabras, el dragón volvió a sentirse inquieto por segunda vez. Sentía gran aprecio por la porra, que había heredado de su abuelo, y no quería que fuera a parar a la luna.

—¿Sabes qué? —dijo, tras reflexionar unos instantes—, no la arrojes. Yo la arrojaré por segunda vez, y nos conformaremos con eso.

—¡De ninguna manera! —replicó Stan—. Espera hasta que la luna se ponga.

Pero el dragón, que temía que Stan cumpliera con su amenaza, intentó sobornarlo, y por fin tuvo que prometerle siete sacos de ducados para que le dejara recuperar la porra.

—¡Válgame Dios! Es un hombre muy fuerte —dijo el dragón, dirigiéndose a su madre— ¿Me creerás si te digo que tuve que esforzarme muchísimo para evitar que arrojara la porra hasta la luna?

¡Entonces, de sólo pensarlo, la anciana también empezó a inquietarse! ¡Arrojar cosas hasta la luna no era ningún chiste! Así que dejaron de hablar de la porra y al día siguiente todos tenían otras cosas en que pensar.

—¡Id a buscar agua! —dijo la madre cuando amaneció, les dio doce cubos de piel de búfalo y les dijo que los llenaran hasta que se hiciera de noche.

Inmediatamente emprendieron el camino hacia el arroyo y en un abrir y cerrar de ojos, el dragón llenó los doce cubos, los llevó hasta la casa y después regresó con los cubos junto a Stan. Stan estaba cansado: a duras penas podía alzar un cubo vacío y se estremeció al pensar lo que ocurriría cuando estuviera lleno. Pero lo único que hizo fue sacar un viejo cuchillo del bolsillo y empezar a escarbar la tierra cerca del arroyo.

—¿Qué estás haciendo? ¿Cómo llevarás el agua hasta la casa? —preguntó el dragón.

—¿Que cómo lo haré? Es sencillo: llevaré el arroyo.

Al oír esas palabras, el dragón se quedó boquiabierto. Era lo último que se le hubiera ocurrido, porque el arroyo había estado en el mismo lugar desde los tiempos de su abuelo.

—Te diré qué haremos —dijo el dragón—, ¡yo te llevaré los cubos!

—De ninguna manera —contestó Stan sin dejar de cavar.

El dragón, temiendo que cumpliera con su amenaza, intentó sobornarlo y por fin tuvo que volver a prometerle siete sacos de ducados antes de que Stan accediera a dejar tranquilo el arroyo y lo dejara transportar el agua hasta la casa.

Al tercer día, la anciana madre envió a Stan al bosque para que hiciera leña y como siempre, el dragón lo acompañó.

En un santiamén, éste arrancó más árboles que los que Stan podría haber cortado en toda su vida y los apiló cuidadosamente. Cuando el dragón hubo acabado, Stan miró en derredor y, eligiendo el árbol más grande, trepó por el tronco, arrancó una liana y la sujetó al árbol más próximo. Después repitió lo mismo a lo largo de toda una hilera de árboles.

—¿Qué estás haciendo? —preguntó el dragón.

—Lo estás viendo —respondió Stan, sin dejar de trabajar.

—¿Por qué sujetas un árbol al otro?

—Para ahorrar trabajo; cuando arranque uno, arrancaré todos los demás.

—Pero ¿cómo los llevarás hasta la casa?

—¡Válgame Dios! ¿Aún no has comprendido que me llevaré todo el bosque? —dijo Stan, sujetando dos árboles más.

—Te diré qué haremos —exclamó el dragón, porque esa mera idea lo hacía temblar—. Yo llevaré la leña, y te daré siete veces siete sacos llenos de ducados.

—Eres un buen tipo y acepto tu propuesta —contestó Stan, y el dragón empezó a acarrear la leña.

Ahora ya habían transcurrido los tres días equivalentes a un año de servicio, ¡y lo único que le preocupaba a Stan era cómo transportar todos esos ducados hasta su casa!

Esa noche, el dragón y su madre mantuvieron una larga conversación, pero Stan escuchó todo a través de un agujero en el techo.

—¡Pobres de nosotros! —dijo el dragón—, pronto estaremos en poder de ese hombre. Démosle el dinero y deshagámonos de él.

Pero la anciana sentía aprecio por el dinero y la idea no le gustó.

—Escúchame —dijo—, debes asesinarlo esta misma noche.

—Tengo miedo —contestó el dragón.

—No hay nada que temer —replicó la anciana—. Cuando se haya dormido, coge la porra y golpéale la cabeza. Es fácil.

Y así habría ocurrido si Stan no hubiera escuchado sus palabras. Y cuando el dragón y su madre apagaron la luz, agarró el abrevadero de los cerdos, lo llenó de tierra, lo colocó en la cama y lo cubrió con su ropa. Después se ocultó debajo de la cama y empezó a roncar sonoramente.

Muy pronto el dragón entró a hurtadillas en la habitación y asestó un tremendo porrazo en el lugar donde calculó que estaba la cabeza de Stan. Stan soltó un quejido desde debajo de la cama y el dragón se marchó tan silenciosamente como había venido.

En cuanto cerró la puerta, Stan limpió y ordenó todo, después quitó el abrevadero y se tumbó en la cama, pero esa noche no cerró los ojos.

Al día siguiente entró en la habitación donde el dragón y su madre desayunaban.

—Buen día —dijo.

—Buen día. ¿Has dormido bien?

—Muy bien, pero soñé que me picaba una pulga, y me parece que aún siento la picadura.

El dragón y su madre intercambiaron una mirada.

—¿Has oído eso? —susurró el dragón—. Habla de una pulga. ¡Le rompí la porra en la cabeza!

Esta vez la madre se asustó tanto como su hijo. No había nada que hacer con un hombre como ése. Así que se apresuró a llenar los sacos de ducados para deshacerse de Stan lo antes posible. Pero Stan también temblaba como una hoja, porque no podía alzar ni un solo saco. Permaneció inmóvil, mirándolos.

—¿Por qué no te marchas? —preguntó el dragón.

—Porque se me acaba de ocurrir que me gustaría servirte un año más. Me daría vergüenza regresar a mi casa con tan poco. Sé que exclamarán: «Mira a Stan Bolovan, que en un año se ha vuelto tan débil como un dragón.»

Entonces el dragón y su madre soltaron un grito de horror, y la anciana le dijo que le daría siete sacos, o siete veces siete sacos más, a condición de que se marchara.

—¡Te diré qué haremos! —dijo Stan por fin—. Veo que no deseáis que me quede, y no quisiera molestaros. Me iré de inmediato, pero sólo a condición de que vosotros carguéis con el dinero, para no tener que avergonzarme ante mis amigos.

En cuanto pronunció esas palabras, el dragón agarró los sacos y se los cargó en el lomo. Después él y Stan emprendieron la marcha.

Aunque el camino no era largo, no dejaba de ser demasiado largo para Stan, pero por fin oyó las voces de sus hijos y se detuvo abruptamente. No quería que el dragón supiera dónde vivía, por si un día se le ocurría regresar para recuperar su tesoro. ¿Qué podría decirle para deshacerse de él? De repente se le ocurrió una idea y se volvió hacia el dragón.

—No sé qué hacer —dijo—. Tengo cien hijos y temo que te hagan daño, puesto que siempre están dispuestos a luchar. Sin embargo, intentaré protegerte.

¡Cien niños! ¡Eso no era ninguna broma! El dragón, aterrado, dejó caer los sacos, pero después volvió a alzarlos. Los niños, que no habían comido nada desde que su padre se marchó, se aproximaron corriendo, agitando cuchillos con la mano derecha y tenedores con la izquierda y chillando:

—¡Danos carne de dragón, comeremos carne de dragón!

La buena espada

versión de Ruth Bryan Owen

DURANTE MUCHOS AÑOS, un pastor y su hijo vivieron en una solitaria altiplanicie cuidando ovejas. Su choza baja apenas sobresalía por encima de los espinosos arbustos que la rodeaban. Más allá de las tierras de pastoreo se elevaban oscuras montañas rocosas con profundas cavernas.

El viejo pastor siempre evitaba esas montañas y cuando las ovejas se acercaban a ellas, las obligaba a regresar.

Sus vidas eran duras y solitarias, pero ni el pastor ni su hijo deseaban cambiarlas por otras. Ambos disfrutaban de su respectiva compañía y cuando el anciano enfermaba, su hijo cuidaba afectuosamente de él. Cierto día, el anciano sintió que sus fuerzas menguaban; entonces llamó a su hijo y le dijo:

—Pronto tendré que dejarte, y me apena que sólo puedas recibir una pequeña herencia. Toma la vieja espada que cuelga encima de la puerta.

El muchacho obedeció, aunque la espada le pareció muy pesada.

—Es todo lo que tengo para darte —dijo su padre—. No te separes de esta espada y recuerda que siempre saldrá victoriosa en cualquier batalla.

Entonces el anciano pastor bendijo a su hijo, cerró los ojos y ya no los volvió a abrir.

Mientras enterraba a su padre como es debido, el hijo sentía tanta tristeza que casi olvidó la vieja y oxidada espada. Pero cuando cerró la choza y condujo el rebaño hasta la lejana granja de su dueño, el muchacho se sujetó la espada a la cintura y se acostumbró a su peso.

El granjero se sorprendió al ver que sus rebaños descendían de los prados y preguntó al muchacho qué le había ocurrido a su padre. Tras escuchar su relato, dijo:

—Eres joven para hacerte cargo del rebaño, pero dejaré que lo intentes durante un tiempo. Pero hay algo que debes recordar: no dejes que las ovejas se acerquen a las montañas. En lo alto de la ladera hay tres prados de un verde tan brillante que las ovejas pueden sentir la tentación de trepar hasta ellos, pero allí viven tres gnomos y los prados les pertenecen. Si las ovejas pastaran en los prados de los gnomos, ni las ovejas ni el pastor regresarían jamás.

El muchacho reflexionó acerca de esta advertencia mientras conducía el rebaño hasta su lugar de pastoreo. Cuando se aproximaron a las montañas no dejó de mirar hacia los altos y verdes prados, y durante los días siguientes repetidas veces volvió a dirigir la mirada hacia las tierras de los gnomos.

Cierto día, mientras cuidaba las ovejas, el muchacho recordó la espada.

«Tal vez luchar contra un gnomo no sería mala idea», se dijo, y cuando las ovejas se aproximaron a las montañas, no las obligó a retroceder. En cuanto las ovejas empezaron a pastar en el pequeño prado verde, un espantoso gnomo salió rugiendo de su cueva. Quien jamás ha visto a un gnomo maligno no puede imaginarse cuán feo y aterrador resulta.

—¿Sabes qué les ocurre a las ovejas y a los pastores que entran al prado sin permiso? —rugió el gnomo.

—Si pretendes hacerles daño a mis ovejas, tendré que luchar contigo —dijo el muchacho sin amilanarse.

Cuando vio que sólo era un pequeño muchacho, el gnomo le atacó, lanzando grandes nubes de humo.

«Éste es el momento indicado para emplear mi espada», pensó el muchacho. Cuando su enemigo intentó atraparlo, le asestó un golpe tan fuerte en la cabeza que lo partió en dos.

Las ovejas empezaron a comer las sabrosas hierbas del prado del primer gnomo, y no pararon hasta devorar la última brizna. Después trotaron al prado del segundo gnomo. Esta vez, el pastor tampoco impidió que entraran y pronto un gnomo mucho más grande y aterrador que el primero salió de su cueva lanzando rugidos.

—No sólo has entrado en mi prado sin permiso y arriesgando tu vida, sino que además has matado a mi hermano y pisoteado su prado.

—Si intentas hacerme daño a mí o a mis ovejas, tendré que luchar contigo —exclamó el muchacho alzando la espada.

El gnomo lanzó un nubarrón de fuego y humo tal que el muchacho apenas pudo ver a la horrenda criatura, pero cuando le asestó un golpe con la espada, hirió al gnomo tan gravemente que enseguida murió.

—Ahora mis ovejas pueden comer hierba fresca —dijo el muchacho, pero mientras sus ovejas pastaban, él mismo entró en el prado del tercer gnomo, espada en mano. El gnomo surgió de su cueva y sus aullidos de cólera hicieron temblar las montañas, pero antes de que el monstruo pudiera pronunciar una sola palabra, el muchacho se abalanzó sobre él, gritando:

—¡Ahora te toca a ti!

Y lo mató de un solo golpe.

Cuando no quedó ni un solo gnomo en las montañas, el muchacho

se apresuró a descender a los grandes agujeros donde vivían. Las tres cuevas se unían bajo tierra y cuando el pastor entró en esta caverna, vio un caballo rojo cuya montura y brida estaban incrustadas de rubíes; junto al caballo había un perro rojo y una armadura carmesí. Cerca había un caballo amarillo y sus jaeces estaban incrustados de topacios. Junto a él había un perro amarillo y una armadura del mismo color. En otro rincón de la caverna había un caballo blanco y un perro blanco junto a una armadura blanca, y la brida del caballo y la armadura blanca estaban tachonadas de perlas.

En la caverna había grandes arcones llenos de monedas de oro y plata. No resulta sorprendente que el muchacho —tras acabar con los gnomos y encontrar este tesoro— se sintiera muy animado y entonara una canción al regresar al redil con sus ovejas.

El granjero, que había acudido al redil para ver cómo le iba a su joven pastor, no sólo encontró a las ovejas sanas y salvas, y muy bien alimentadas, sino al mismísimo pastor que no cabía en sí mismo de alegría.

—Es bueno que tú y los rebaños prosperéis —dijo el granjero—, pero te ruego que dejes de cantar, ahora que todo el país comparte la tristeza del rey.

—¿Por qué está triste? —preguntó el muchacho.

—A causa de los tres horrendos monstruos —contestó el granjero.

—No te referirás a los gnomos que vivían en las montañas, ¿verdad? —preguntó el muchacho.

—No, son los tres dragones del mar que están causando todos estos problemas, y son más grandes y más terribles que los gnomos de la montaña —dijo el granjero—. Incluso el rey se ve impotente ante ellos. Hasta ha tenido que prometer que cada una de sus tres hijas se casará con uno de los dragones. Pero también ha anunciado que legará una tercera parte de sus propiedades a quien libere al reino de los dragones. Todos dicen que el rey no tiene ninguna esperanza. No deberías cantar cuando todos los demás están tan apenados —lo reconvino el granjero antes de regresar a su granja.

«Las ovejas tendrán que cuidar de sí mismas mientras me ocupo de este asunto», pensó el pastor. En cuanto el granjero se marchó, el muchacho corrió hasta la caverna de los gnomos de la montaña, se puso la armadura roja y montó en el caballo rojo. Llamó al perro rojo y cabalgó hasta la orilla del mar donde las princesas serían entregadas a los monstruos marinos.

Al poco rato apareció el carruaje real, y cuando se detuvo bajó una princesa acompañada de un chambelán. La princesa se quedó inmóvil, pálida de terror, y entonces un dragón surgió del mar. Cuando el chambelán vio sus tres espantosas cabezas, salió corriendo y se ocultó entre unos arbustos espesos.

Antes de que el dragón pudiera acercarse, la princesa vio que un jinete montado en un caballo rojo desenvainaba su espada y cercenaba las tres cabezas del dragón.

Sólo se detuvo para cortar las tres lenguas de cada una de las cabezas; después se alejó a lomos del caballo, seguido de un perro rojo.

Cuando vio que el peligro había pasado, el chambelán se arrastró fuera de su escondrijo y tomó el mando.

—Vuelve a subir al carruaje —le dijo a la princesa—, y no olvides decirle al rey que fui yo quien te salvó. Si no lo haces, algo más espantoso que el dragón te castigará.

La pobre princesa, que aún no se había repuesto del susto, prometió no decir nada del jinete rojo.

Una semana después, otra princesa iba a ser entregada al segundo dragón, y esta vez el pastor se colocó la armadura amarilla y montó en el caballo amarillo y, acompañado por el perro amarillo, cabalgó hasta la orilla del mar y aguardó a que llegara la segunda princesa. Una vez más, un dragón se arrastró hasta la arena. Era un horripilante monstruo de seis cabezas, y el chambelán que había acompañado a la segunda princesa salió corriendo y se ocultó.

El jinete se abalanzó sobre el dragón y lo cortó en pedazos con su espada y, después de arrancarle las seis lenguas, se alejó cabalgando.

Cuando todo había pasado, el chambelán recuperó el valor y regresó junto a la princesa, amenazándola con un pavoroso castigo si no le decía al rey que él había matado al dragón.

—Si aprecias tu vida, no digas nada del caballero amarillo —dijo.

Y la segunda princesa también tuvo que obedecerle.

Una semana más tarde, el pastor se puso la armadura blanca, montó en el caballo blanco y seguido del perro blanco cabalgó hasta la playa donde la más joven de las princesas sería entregada al tercer dragón del mar. Esta vez el dragón que surgió de las olas tenía nueve cabezas. No resulta sorprendente que el tercer chambelán, que había acompañado a la princesa más joven en el carruaje real, huyera ocultándose en la copa de un árbol en cuanto vio a la espeluznante criatura.

Pero la princesa, que había mirado en derredor con la esperanza de que apareciera alguien que la rescatara, divisó al jinete blanco y lo observó con tanta atención que apenas notó la presencia del dragón hasta que éste perdió sus nueve cabezas y el jinete blanco le arrancó sus nueve lenguas, una a una. Y como la presencia del dragón no la había asustado, sólo la embargaba la cólera cuando el chambelán regresó apresuradamente de su escondrijo en la copa del árbol, y no estaba dispuesta a escucharlo.

—Ven aquí, valiente caballero —le gritó al jinete, y antes de que el chambelán se apercibiera de ello, deslizó una pequeña cadena de oro alrededor del cuello de su salvador. Entonces el jinete se alejó a caballo y el tercer chambelán corrió hacia ella amenazándola con hacerle daño si no decía que él la había rescatado.

Cuando la más joven de las princesas regresó sana y salva al palacio, hubo grandes muestras de júbilo. En cuanto a los tres desleales chambelanes, fueron alabados por su valor y además les prometieron una rica recompensa.

—Cada uno de vosotros se casará con la princesa que rescató y os daré una tercera parte de mi reino —dijo el rey.

Después declaró que habría un día festivo en el que se organizaría una fiesta para la corte y también para todo el pueblo.

Cuando se anunció qué día sería festivo, el pastor le preguntó al granjero si él también podría tomárselo de descanso.

—¡Por supuesto! El decreto del rey incluye hasta a los más humildes —dijo el granjero, y le dio permiso para participar en los festejos de la aldea.

Antes de emprender el camino hacia allá, el muchacho llamó a los tres perros de la caverna de los gnomos y, seguido de un perro rojo, uno amarillo y uno blanco, llegó hasta la posada de la aldea. Se había reunido toda clase de gente y todos comentaban la fiesta celebrada en el castillo.

—¡Sería estupendo comer un poco del excelente pan que comen ellos! —exclamó el posadero.

—Claro que sí —dijo el muchacho—, y quizá mi perro podría traernos un poco de ese pan. —Así que le dijo al perro rojo—: Ve al castillo y tráenos un poco del buen pan blanco de trigo que están comiendo allí.

El perro se dirigió al castillo, arañó las puertas hasta que le abrieron y fue en busca de la cocina del rey. Allí agarró una hogaza de pan con la boca y, aunque todos intentaron detenerlo, el perro rojo escapó, llevó el pan hasta la posada y se lo entregó a su amo.

Después de haber consumido el pan, el posadero dijo:

—¿Qué os parece comer un poco de la buena carne asada del castillo?

—Es una excelente idea —dijo el muchacho—. A lo mejor mi perro amarillo nos trae un poco de carne del castillo.

El perro amarillo se dirigió al castillo y cuando llegó a la cocina, agarró un asado entero con la boca. Los cocineros intentaron detenerlo y los ayudantes de cocina lo persiguieron blandiendo cucharas y cucharones, pero el perro amarillo corrió hasta la posada y le entregó la carne a su amo.

Al día siguiente, cuando iban a celebrarse las bodas, el posadero dijo:

—¿No sería maravilloso beber un sorbo de vino de la mesa del rey?

—Es una excelente idea —dijo el muchacho—. Estoy convencido de que mi perro blanco podría traernos una botella.

Entonces el perro fue hasta el castillo y entró en la sala donde todos los invitados a la boda estaban sentados ante la mesa del rey y, antes de que ninguno de los estupefactos comensales pudiera decir una palabra, agarró una botella de vino y corrió hasta la posada. Cuando la princesa más joven vio al perro blanco, dio una palmada de alegría y exclamó:

—¡Fue el amo de ese perro blanco quien me salvó del dragón!

—¿Qué tontería es ésa? —chilló su novio en tono airado—. Sabes perfectamente que fui yo quien te salvó.

—Intentaste simular que fue así —dijo la princesa—, pero ahora que he visto al perro blanco, sé que su amo debe de estar cerca. Si persistes en tus malvadas mentiras hará contigo lo que hizo con el dragón. Seguiré al perro blanco hasta encontrar a mi salvador —dijo la princesa, y se levantó de la mesa.

—¡Sigamos al perro! —exclamó el rey, y él y todos los nobles de la corte también corrieron tras el perro y lo siguieron hasta la posada. El pastor se asombró muchísimo al ver a toda esa multitud y quiso ocultarse, pero la princesa más joven gritó:

—Encontraréis mi cadena de oro alrededor del cuello del hombre que mató al dragón.

Y el pastor mostró la cadena de oro que llevaba debajo de la camisa.

Pero el tercer chambelán empezó a gritar.

—¡Ja, ja! ¿Cómo puede afirmar este muchacho que él mató al dragón, cuando tengo pruebas de haberlo hecho yo? —dijo, y presentó las nueve cabezas del último dragón muerto.

—Mi salvador arrancó las lenguas de las cabezas del dragón —dijo la princesa.

Y entonces el pastor no sólo les mostró las nueve lenguas arrancadas de las cabezas de ese dragón, sino también las lenguas de las cabezas de

En cuanto apareció el caballero,
bebió seis jarras de cerveza y una de licor,
para volverse fuerte y poderoso
y salir vencedor, o eso cuentan.
No siempre gana la fuerza,
porque el ingenio la supera.
Nuestro astuto héroe
en un pozo se ocultó,
y allí aguardó a que el dragón acudiera.
Cuando éste apareció se inclinó para beber
y el caballero se levantó,
soltó un grito y en el morro lo golpeó.

«¡Oh! —exclamó el dragón—,
sal fuera, impides que beba.»
Después decidió
lanzarle llamas,
pero el valiente caballero aguantó.
«¡Válgame Dios, tu cuerpo es atroz,
y tu aliento no huele a rosas,
bestia maligna de aliento a rapiña,
que comes porquerías asquerosas!»

Nuestro caballero,
al otro lado del agujero,
hasta el borde escaló
y un golpe tremendo le asestó.
«¡Caramba!», exclamó el dragón, desconcertado
cuando el caballero le asestó otro mandoble.
Con manos y pies se atacaron,
y las gentes gritaron:

Los domadores de dragones

E. Nesbit

HABÍA UNA VEZ un castillo muy, muy viejo. Era tan viejo que los muros, las torres y las torrecillas se habían desmoronado, y también las puertas y los arcos, y lo único que quedaba de todo su antiguo esplendor eran dos pequeñas habitaciones. Es allí donde John, el herrero, había montado su forja.

Era demasiado pobre para vivir en una casa y nadie pedía alquiler por las habitaciones de la ruina, porque todos los señores del castillo habían muerto hacía muchos años. Así que allí John le daba a los fuelles, martillaba el hierro y realizaba todos los trabajos que le encargaban.

No era mucho, porque la mayor parte de los encargos iba a parar a la forja del alcalde, que también era herrero. Pero su forja era mucho

—Oye —dijo—, ¿sabes algo de bebés?

—Sí, un poco —dijo la madre.

—Entonces llévate a éste, así podré dormir un poco —dijo el dragón, bostezando—. Puedes devolvérmelo por la mañana, antes de que regrese el herrero.

La madre alzó el bebé, subió la escalera y le contó lo ocurrido a su marido, así que se fueron a la cama felices y contentos, porque habían capturado al dragón y salvado al bebé.

Al día siguiente, John bajó y le explicó al dragón exactamente cómo estaban las cosas, montó una puerta de hierro con una rejilla al pie de la escalera y el dragón maulló encolerizado durante muchos días, pero cuando comprendió que era inútil, se calló.

Entonces John fue a ver al alcalde y dijo:

—Tengo al dragón y he salvado al pueblo.

—¡Noble protector! —exclamó el alcalde—, reuniremos dinero para ti y te coronaremos en público con una corona de laureles.

El alcalde se comprometió a donar cinco libras y todos los miembros de la corporación municipal donaron tres, y otros donaron sus guineas y medias guineas, coronas y medias coronas, y mientras reunían los donativos el alcalde le encargó tres poemas al poeta del pueblo, pagados de su propio bolsillo, para celebrar el acontecimiento. Los poemas fueron recibidos con mucha admiración, sobre todo por el alcalde y la corporación municipal.

El primero alababa la noble conducta del alcalde, por haber dispuesto que sujetaran al dragón. El segundo describía la estupenda ayuda proporcionada por la corporación. Y el tercero expresaba el orgullo y la alegría del poeta por poder cantar dichas proezas, comparadas con las cuales las de san Jorge deberían parecer absolutamente corrientes a todos cuantos tuvieran un corazón sensible y un cerebro bien equilibrado.

Todo el dinero reunido alcanzaba la suma de mil libras, y se formó un comité para decidir qué hacer con él. Un tercio se destinó a pagar un banquete para el alcalde y la corporación; otro a comprar un collar de oro con un grabado de un dragón para el alcalde y medallas de oro con dragones para los miembros de la corporación, y el resto se destinó a pagar los gastos del comité.

Así que lo único que le quedó al herrero fue la corona de laureles, y saber que quien en realidad salvó al pueblo fue él. Pero a partir de entonces las cosas le fueron un poco mejor. Para empezar, el bebé ya no lloraba tanto como antes. Después, la dama rica dueña de la cabra se sintió tan conmovida por la noble acción de John que le encargó un juego completo de herraduras por dos chelines y cuatro peniques, e incluso redondeó la cifra a dos chelines y seis peniques, en agradecimiento por su conducta cívica. Además empezaron a llegar turistas en carruajes desde lugares bastante remotos, que pagaban dos peniques cada uno para bajar a la mazmorra y echar un vistazo al oxidado dragón a través de la rejilla de hierro... y si el herrero encendía una antorcha que ardía con llamas de colores para iluminar el espectáculo, cada grupo debía pagar tres peniques más. Como la antorcha se consumía con mucha rapidez, suponía dos peniques y medio de ganancias netas. La mujer del herrero servía tés a nueve peniques por barba, y en general la situación iba mejorando cada vez más.

El bebé —bautizado John igual que su padre, y al que llamaban Johnnie— empezó a hacerse mayor. Era muy amigo de Tina, la hija del calderero, que vivía prácticamente enfrente. Era una niñita encantadora de trencitas rubias y ojos azules que nunca se cansaba de escuchar la historia de cuando Johnnie, de bebé, estuvo al cuidado de un auténtico dragón.

Ambos niños solían asomarse a la rejilla de hierro para ver al dragón, y a veces lo oían maullar lastimeramente. Y encendían una antorcha de medio penique —de las que ardían con llamas de colores— para contemplarlo. Y se hicieron mayores y más sabios.

Un día, cuando el alcalde y los miembros de la corporación cazaban liebres ataviados con sus ropas de oro, de repente volvieron corriendo a las puertas del pueblo con la noticia de que un gigante cojo y jorobado, grande como una iglesia, se aproximaba al pueblo a través de los pantanos.

—¡Estamos perdidos! —dijo el alcalde—. Le daría mil libras a cualquiera que fuera capaz de evitar que ese gigante entre en el pueblo. Sé lo que come: he visto sus dientes.

Nadie parecía saber qué hacer. Pero Johnnie y Tina oyeron sus palabras, intercambiaron una mirada y salieron corriendo a toda velocidad.

Corrieron a través de la forja, bajaron a la mazmorra y llamaron a la puerta de hierro.

—¿Quién es? —preguntó el dragón.

—Nosotros —respondieron los niños.

Y como el dragón estaba aburridísimo tras pasar diez años solo, les dijo:

—Entrad, queridos míos.

—No nos harás daño ni nos lanzarás tu aliento ardiente, ¿verdad? —preguntó Tina.

—Por nada del mundo —dijo el dragón.

Así que entraron, conversaron con él, le contaron qué tiempo hacía fuera, qué ponía en los periódicos y por fin Johnnie le dijo:

—Hay un gigante cojo en el pueblo. Te busca a ti.

—¿De veras? —dijo el dragón, mostrando los dientes—. ¡Ojalá no estuviera encerrado!

—Si te soltamos, a lo mejor logras escapar antes de que te atrape.

—Sí, a lo mejor —respondió el dragón—, pero a lo mejor, no.

—No me digas que estarías dispuesto a luchar con él —dijo Tina.

—No —dijo el dragón—, estoy a favor de la paz. Dejadme salir y lo veréis.

Los niños le quitaron las cadenas y el collar, el dragón demolió una pared de la mazmorra y salió, y sólo se detuvo ante la puerta de la forja para que el herrero le remachara el ala.

Se encontró con el gigante cojo en las puertas del pueblo, y el gigante le asestó un golpe en la cabeza con su porra como si martillara hierro en una fundición, y el dragón reaccionó como unos altos hornos: lanzando humo y fuego. Era un espectáculo aterrador y la gente observaba desde lejos. Cada golpe los hacía caer al suelo del susto, pero siempre se volvían a incorporar para no perderse ni un detalle.

Por fin venció el dragón, y el gigante huyó a través de los pantanos y el dragón, que estaba muy cansado, se marchó a casa a dormir, pero antes anunció que por la mañana devoraría todo el pueblo. Regresó a su vieja mazmorra porque era un extraño en el pueblo y no conocía ningún albergue respetable. Entonces Tina y Johnnie fueron a ver al alcalde y le dijeron:

—Hemos librado al pueblo del gigante. Danos las mil libras.

Pero el alcalde dijo:

—No, hijos míos. No fuisteis vosotros quienes nos librasteis del gigante, fue el dragón. Supongo que lo habéis vuelto a encadenar, ¿no? Cuando él venga a reclamar las mil libras, se las daré.

—Aún no está encadenado —dijo Johnnie—. ¿Lo envío a reclamar su recompensa?

Pero el alcalde le dijo que no se molestara y ofreció mil libras a cualquiera que volviera a encadenarlo.

—No me fío de ti —dijo Johnnie—. Teniendo en cuenta cómo trataste a mi padre cuando él encadenó al dragón.

Pero la gente que escuchaba ante la puerta lo interrumpió y dijo que si Johnnie lograba volver a encadenarlo, echarían al alcalde y lo nombrarían alcalde a él. Hacía tiempo que no estaban satisfechos con la gestión municipal, y les pareció que un cambio era lo indicado.

—De acuerdo —dijo Johnnie, y se marchó con Tina. Después fueron en busca de todos sus amiguitos.

—¿Nos ayudaréis a salvar al dragón? —preguntaron.

—Sí, claro que sí —respondieron todos—. ¡Qué divertido!

—Vale —dijo Tina—, en ese caso traed vuestros platos de pan y leche a la forja, mañana por la mañana a la hora del desayuno.

—Y si alguna vez me convierto en alcalde —dijo Johnnie—, daré un banquete y os invitaré a todos. Y sólo comeremos dulces de principio a fin.

Todos los niños prometieron acudir, y a la mañana siguiente Tina y Johnnie hicieron rodar una gran tinaja escaleras abajo.

—¿Qué es ese ruido? —preguntó el dragón.

—Sólo es la respiración de un inmenso gigante —dijo Tina—. Acaba de pasar.

Cuando todos los niños del pueblo trajeron sus platos de pan y leche, Tina los derramó en la tinaja y cuando la tinaja se llenó, Tina llamó a la puerta de hierro con la rejilla y preguntó:

—¿Podemos entrar?

—Oh, sí —contestó el dragón—, estoy muy aburrido.

Entonces entraron y, con la ayuda de los otros nueve niños, levantaron la tinaja y la depositaron junto al dragón. Después los demás se marcharon y Tina y Johnnie se sentaron en el suelo y rompieron a llorar.

—¿Qué es esto? —preguntó el dragón—. ¿Y qué pasa?

—Es pan y leche —dijo Johnnie—. Es nuestro desayuno... todo nuestro desayuno.

—Bueno —dijo el dragón—. No sé por qué lo habéis traído. Devoraré a todos los habitantes del pueblo en cuanto haya descansado un poco.

—Querido señor Dragón —dijo Tina—. No nos devores. ¿Acaso te gustaría ser devorado?

—No, para nada —confesó el dragón—, pero a mí nadie me devorará.

—No sé —dijo Johnnie—, hay un gigante...

—Lo sé. Luché con él y lo vencí...

—Sí, pero ahora ha venido otro: el gigante con el que luchaste sólo era el hijo pequeño de aquél. Éste es el doble de grande.

—Es siete veces más grande —dijo Tina.

—No, nueve veces —dijo Johnnie—. Es más alto que la torre de la iglesia.

—¡Válgame Dios! —exclamó el dragón—. Eso sí que no me lo esperaba.

—Y el alcalde le ha dicho dónde te encuentras —prosiguió Tina—, y te devorará en cuanto haya afilado su gran cuchillo. El alcalde le dijo que eras un dragón salvaje, pero no le importó. Dijo que sólo comía dragones salvajes... con salsa de pan.

—Qué fastidio —dijo el dragón—. Y supongo que esas sopas en la tinaja son salsa de pan, ¿no?

Los niños asintieron.

—Claro que la salsa de pan sólo sirve para acompañar un plato de dragón salvaje —aclararon—. Los domésticos se sirven acompañados de salsa de manzana y rellenos de cebolla. Es una lástima que no seas un dragón doméstico: entonces haría caso omiso de ti. En fin, adiós, pobre dragón —añadieron—, nunca te volveremos a ver y ahora sabrás qué se siente al ser devorado.

Y una vez más empezaron a llorar.

—Un momento —dijo el dragón—, ¿no podríais hacerme pasar por un dragón doméstico? Decidle al gigante que sólo soy un pobre dragoncito doméstico y tímido que tenéis como mascota.

—Nunca nos creería —dijo Johnnie—. Si fueras nuestra mascota, estarías atado. No nos arriesgaríamos a perder una mascota tan bonita y simpática.

Entonces el dragón les rogó que volvieran a sujetarlo y así lo hicieron, con un collar y unas cadenas forjadas hace años... cuando los hom-

bres cantaban al trabajar y las hacían lo bastante sólidas para soportar cualquier peso.

Después se marcharon y le dijeron al pueblo lo que habían hecho. Johnnie fue nombrado alcalde y celebraron un banquete estupendo, justo como él había dicho: sólo sirvieron dulces. De primero sirvieron turrón y bollos de medio penique, y después naranjas, caramelos, helado de coco, bombones de menta, bizcochos con mermelada, pastel de frambuesa, más helados y merengues, para acabar con melindres, pan de jengibre y confites ácidos.

Johnnie y Tina lo pasaron en grande, pero si vosotros sois niños de buen corazón, quizá sintáis lástima por el pobre dragón ingenuo y engañado, encadenado en la aburrida mazmorra y sin nada que hacer excepto reflexionar acerca de las escandalosas mentiras que le contó Johnnie.

Al recordar la trampa que le tendieron, el pobre dragón cautivo empezó a llorar, y sus grandes lágrimas cayeron sobre su oxidada coraza. Y pronto empezó a sentirse mareado, como suele ocurrir después de llorar, sobre todo si no has comido nada durante diez años.

Y entonces el pobre dragón se secó las lágrimas y echó un vistazo en derredor, y vio la tinaja llena de pan y leche.

«Si los gigantes comen esta cosa blanca y húmeda —pensó—, a lo mejor a mí también me gusta», y probó un poco, y le gustó tanto que se lo comió todo.

Cuando volvieron los turistas y Johnnie encendió las antorchas que ardían con llamas de colores, el dragón dijo tímidamente:

—Perdonen la molestia, pero ¿podrían traerme un poco más de pan y leche?

De modo que Johnnie dispuso que todos los días pasara un carro y recogiera el pan y la leche de los niños para alimentar al dragón. La alimentación de los niños corría a cargo del pueblo y sólo comían lo que querían: pasteles y bollos y dulces, y dijeron que el pan y la leche estaban a disposición del dragón.

Después de diez años de ocupar el puesto de alcalde, Johnnie se casó con Tina, y el día de su boda fueron a ver al dragón. Se había vuelto bastante manso, partes de su oxidada armadura habían desaparecido y debajo era como un animal de peluche. Así que lo acariciaron.

—No sé cómo pude haber comido algo que no fuera pan y leche —dijo—. Ahora soy un dragón domesticado, ¿verdad? —Y cuando respondieron afirmativamente el dragón dijo—: Ya que estoy tan domesticado, ¿por qué no me desatáis?

Algunos hubieran desconfiado, pero Johnnie y Tina estaban tan felices el día de su boda que la idea de que alguien les hiciera daño ni se les pasó por la cabeza. Así que lo soltaron y el dragón dijo:

—Disculpadme un instante, hay un par de cositas que quiero ir a buscar. —Y descendió por aquella misteriosa escalera y desapareció en la oscuridad. Y al moverse, un número cada vez mayor de sus placas caían al suelo.

Pasados unos minutos, oyeron el traqueteo de sus pasos en la escalera. Llevaba algo en las fauces: era un saco lleno de oro.

—A mí no me sirve —dijo—. Quizás a vosotros, sí. —Y Johnnie y Tina se mostraron muy agradecidos—. Allí abajo hay más —añadió.

Y no dejó de traer sacos de oro, hasta que le dijeron que parara. Así que se habían vuelto ricos, y también sus padres y sus madres. De hecho, todo el mundo era rico y en el pueblo ya no había más pobres. Y todos se enriquecieron sin trabajar, lo que está muy mal, pero el dragón no había ido a la escuela como vosotros, y lo ignoraba.

Cuando el dragón salió de la mazmorra detrás de Johnnie y Tina, y vio el cielo azul y el sol que lucía el día de la boda, parpadeó como un gato, sacudió el cuerpo y los últimos trozos de armadura cayeron al suelo, junto con sus alas. A lo que más se parecía era a un gato muy, muy grande. Y a partir de ese día se volvió cada vez más peludo y fue el primero de todos los gatos. Lo único del dragón que quedó fueron las garras, semejantes a las de todos los gatos, como podréis comprobar con facilidad.

Espero que ahora comprendáis cuán importante es alimentar a vuestro gato con pan y leche. Si sólo dejarais que comiera ratones y pájaros podría volverse más grande y más feroz. Empezaría a cubrirse de escamas, le crecería la cola, le saldrían alas y se convertiría en el primero de los dragones. Y entonces todo el problema volvería a empezar.